小杉健治

角川春樹事務所

目次

第一章　因縁

一

雨がしょぼしょぼ降る梅雨の夜のことであった。まだ前髷を落としたばかりの与四郎は、空腹も相まって目の前の景色が霞んでいた。明け六つ（午前六時）に足柄を出発してから、まだ何も口にしていなかった。懐には父と母が貯めていた金が入っている。何かあっても困らないようにと、なけなしの金を用意してくれた。

「弥吉さん、いまどの辺りですか」

与四郎は提灯を隣の男にかかげ、恐る恐るきいた。

二十代半ばの無口で、厳めしい顔つきの弥吉は、日本橋馬喰町にある小間物屋の『日本橋屋』への奉公を斡旋してくれると言っていた。

「戸塚を過ぎたあたりだろう」

弥吉は素っ気なく言った。

だろうというのは、ふたりは歩いているうちに東海道から外れてしまったからである。来た道を戻ればいいものを、「方向さえ合っていれば、必ず東海道へ出る」と弥吉は言い張り、そのまま歩を進めていた。

しかし、いくら経っても街道らしい大通りには出なかった。むしろ、次第に道幅の狭い、民家もないような道になってきた。辺りは段々と木々が高くなり、雲がなかったとしても月明かりさえ届かないような暗い道であった。ほんのわずかな光さえも見えないし、木々の向こう側が崖になっていたとしてもわからない。

「今からでも引き返したらどうですか」

与四郎は提言した。

「……」

弥吉は睨みつけた。

「そんなに休みたいか」

「はい、もう脚が……」

「そのうち、民家や寺が見えてくるだろう。そこまで我慢しろ」

弥吉は前を向いたまま言った。

それから半刻（約一時間）ばかり歩き続けても何も見えなかった。

「やっぱり、引き返した方が……」

与四郎は心配そうにきく。

「大丈夫だ」

弥吉が不機嫌そうに言う。

「でも、本当にこの道なのでしょうか」

「ああ」

弥吉は低い声で答える。

それから、また四半刻（約三十分）くらい歩いた。

道の脇にぽつんと灯りが点っているのが見えた。

「あそこに泊めてもらおうか」

弥吉が指で示して言う。

「はい」

与四郎はようやく休めると思い、気の抜けた声で返事をした。

ふたりが灯りの方に近づくと、藁ぶき屋根の二階建ての家であった。

弥吉は戸を叩く。

中から物音がする。

「どなたですかな」

しゃがれた男の声が聞こえた。

「すみません、ちょっと道に迷ってしまいまして。もしご迷惑でなければ、泊めていただけませんか」

弥吉は与四郎に話すのとはまるで別人のように、へりくだった。

「そうか、大変だったろう」

戸が開くと、六十過ぎの痩せた人の良さそうな八の字眉毛の男が立っていた。

「狭くて汚いところだが」

男はふたりを招き入れた。

弥吉は頭を下げて土間に入る。与四郎も続いた。

土間を上がると、囲炉裏になっていた。

「適当に座っておくれ。茶でも淹れてこよう」

男はふたりを座らせた。

「随分と親切な方ですね」

与四郎は弥吉に言ったが、弥吉は黙って頷くだけであった。

すぐに男は湯呑みを持って戻ってくる。

囲炉裏で沸かしていたヤカンから急須に湯を注ぎ、少し蒸らしてから、湯呑みに移した。

与四郎は湯呑みを受け取ると、手のひらから全身に熱が伝わり、一気に体の強張りが緩んだ。

「本当に助かりました」

弥吉が頭を下げる。

「いやいや、たまにお前さんたちのように迷ってくる人がいるんだ。それで、泊まらせてやることもある」

男はそう言いながら、

「おや、お前さん。前にもここに見えなかったかい」

と、弥吉を見た。

「いえ、人違いでしょう」

弥吉は即座に否定して、

「明日の朝は早く出るので、もう横になってもよろしいですか」

と、話を逸らした。

「ああ、そうだな。疲れているところすまない」

「いえ」

「二階の部屋を使ってくれ。押し入れに夜具があるから、悪いが自分で敷いておくれ」

「ええ、もちろんでございます」

「あと、湯が沸いているから、もし入るなら勝手に使っていいよ。勝手口の隣にある。少し温くなってしまったかもしれないがな」

男が笑顔で勧めた。

それから、男も寝ると言って、奥の部屋に引き上げていった。

弥吉は与四郎をまじまじと見て、

「湯に入りな」

と、勧めてきた。

「いえ、結構です」

与四郎はそれより早く横になりたいと思い断ったが、

「なに、言ってんだ。明日の夜には江戸に着く。そしたら、『日本橋屋』の旦那と会うことになるんだ。せめて今日の汚れくれえ落とすんだ」

弥吉が言いつける。たしかに、道理に適っていた。

「わかりました」

与四郎は言われた通り、湯に入った。たしかに温くなっていたが、それでもありがたかった。しっかりと垢を落として出ると、二階に上がった。

すでに弥吉はいびきをかいて寝ていた。隣には与四郎の分の夜具が敷いてあった。今まで何の気遣いもしてくれなかったが、意外に優しいところもあるのだと思った。

その日は床に就くなり、すぐに眠ってしまった。

翌日、鳥のさえずりで目が覚めた。

窓の外はまだうすら暗かったが、弥吉はもう身支度を整えていた。

「着替えたら出るぞ」

弥吉が素っ気なく言い放つ。

与四郎は髪を整えるだけで支度が終わった。

ふたりが一階に降りると、家主の男は飯を食べていた。

「もう出るのか」

「ええ、お世話になりました」

弥吉は礼だけ済ませると、足早にそこの家を出た。

ふたりはやがて大きな街道筋まで出た。道行く者に聞いたら、東海道で、保土ケ谷宿あたりだと言われた。

それからすぐに宿場町が見えてきた。

街道沿いには美味しそうな蕎麦や団子の香ばしい香りが漂ってきた。

「そういやずっと食べていなかったな。まだ江戸まであるが、ここらで軽く腹ごしらえするか」

弥吉の問いに、与四郎は大きく頷いた。

「お前さんの好きなものでいい」

と、食べるものも選ばせてくれた。

昔から食べ物の好き嫌いがなく、何を食べても美味しいと思うが、蕎麦の汁の香りに誘われて、蕎麦屋に入った。

まだ昼前だったが、店内は旅人らしい人たちで賑わっていた。

腰を下ろしてから、注文してすぐに蕎麦が運ばれてきた。

「いただきます」

与四郎は手を合わせたが、弥吉はすぐに貪りつくように食べ始めた。

弥吉は与四郎よりも早く食べ終えると、

「江戸に行ったら美味い蕎麦屋がたくさんあるぞ」

爪楊枝(つまようじ)を使いながら言った。

「どこのお蕎麦屋さんがおすすめですか」

与四郎がきく。

「『日本橋屋』の近くに屋台で出る蕎麦屋だ。五十くらいの元々力士だった男がやっている」

「へえ、お相撲(すもう)さんの蕎麦屋」

それだけで行ってみたくなった。

与四郎が食べ終えて、

「行きましょうか」

と言うと、

「そういや、保土ケ谷に知り合いがいるんだった。たしか、この店の数軒先で土産物(みやげもの)屋をしている。ちょっと顔だけ出してくるからここで待っていてくれ」

弥吉は急に思いついたように言い、与四郎が答える前に店を出て行った。

だが、四半刻くらい経っても、弥吉は帰ってこない。

外では客が列をなしている。

(早く帰ってこないかな)

そう思っていると、店の者がやってきて、「すみませんが、他のお客さまもいますので」と、やんわり勘定を催促された。

与四郎はその圧に耐えられず、懐に手を入れた。

ずしりと重たい財布を取り出し、中身を出した。

「あれ」

与四郎は中身を見て唖然とした。

親から渡された時には、ちゃんと銀の小粒であった。それが、いまはただの小石の集まりだ。

(一体、どういうことだ)

頭の中が真っ白になる。

なんで、石にすり替わっているのか。

狐や狸にバカされたのか。

もしや……。

昨日、湯に入った時に弥吉がこっそり財布の中身を入れ替えたのかもしれない。

そうとしか考えられない。

与四郎は胸が苦しくなり、思わず泣き出しそうになった。

すると、店の者が近づいてきて、

「どうしたんです」

と、怪訝（けげん）そうな顔できいた。

「実は……」

与四郎は正直に答えた。

事情を説明すると、奥に連れて行かれた。心の臓の鼓動が今までにないくらい速くなる。

この店から出してもらえないのか。痛い目に遭（あ）わされるのではないか。

そんな不安が過（よ）ぎる。

しかし、奥に通された部屋に旦那（だんな）らしい男がいて、

「お前さん、そりゃあ騙（だま）されたんだな。まあ、うちの勘定はいいから」

と、帰してくれた。

与四郎はホッとして、礼も言わずに店の裏口から飛び出した。

それから、しばらくの間、歩き続けた。

途中、足柄に戻ろうかとも思ったが、江戸に出るしかないと強い気持ちで諌（いさ）めた。

だが、道がわからなくなった。

やがて、雨が強まり、与四郎の体をずぶ濡れにした。

重たい雲が一面に広がり、一向に止みそうにない。

たまたま、地蔵堂が目についた。地蔵堂というには、だいぶ粗末なもので、古びて今にも崩れ落ちそうな屋根がついているだけのところだ。まだ体もそれほど大きくない与四郎ひとりであれば、何とか雨を凌げそうであった。

地蔵が立っていた。

その前に一朱銀がふたつ置いてあった。

与四郎はそれを見ながら、自然と手が伸びていた。

その時、雷が近くに落ちた。

びっくりして、手を引っ込める。

地蔵を見ると、心なしかほくそ笑んでいた。

「取っていけ」という声が聞こえた気がした。

まさか、そんなはずはあるまい。

与四郎は手を合わせる。

再び雷が鳴ると、もう一度、「取っていけ」という声が聞こえた。

「よろしいのですか……」

与四郎は恐る恐る声に出した。

地蔵はなんとも答えない。

しかし、与四郎の手は一朱銀をふたつ摑んでいた。

懐に大事そうにしまうと、

「ありがとうございます。この恩は忘れません。何年か後にでも、必ず倍以上にして返しますから」

再び両手を合わせながら、心の中で誓った。

さっきまでの雨が嘘のように止み、雲間から陽が覗いた。

与四郎は駆け出した。

二

それから、十三年が経った中秋の八月十五日。

与四郎も二十五歳になった。江戸に来たばかりの幼い顔から変わり、今では、はっきりとした切れ長の目に、鼻筋が通り、卑しさのないすっきりとした細い頬の様子だ。

今や小さいながらも深川佐賀町の稲荷小路に『足柄屋』という小間物屋を構えてい

る。開店してから三年が経つが、馴染みの客もそれなりにいる。商品の数はそれほど多くないが、洒落たものから実用的なものまで様々な用途に合わせてある。

店は女房の小里と、今年十四歳になる小僧の太助で回していた。

小里はしっかりしている女房であった。綺麗な色白の肌に、目がぱっちりして、年齢よりも若く見える。見た目に似合わず、さっぱりとした性格で、店に通う女の客から慕われていた。

太助も同年代の者たちよりも大人びていて、どこか抜けたところもあるが仕事に熱心な男であった。

その太助が朝からそわそわしていた。

昼時の客が誰もいなくなった時に、帳場でそろばんを弾いている与四郎の傍に来て、

「お客さまの入りが少ないようですね」

「八幡さまのお祭りだからだろう」

今日は深川の富岡八幡宮の祭りだ。

江戸三大祭りに数えられ、江戸庶民には人気がある。数十年前の文化四年（一八〇七）には祭りを一目見ようと大勢の人が駆け付けたため、永代橋が崩壊するということがあった。死者と行方不明者を含めると、全部で千四百人を超す大惨事となった。

与四郎はその時まだ生まれていなかったが、惨事のことは方々から聞いている。深川祭りはそんなことがあっても見物客は多かった。

そのせいで、深川祭りの時には、客の入りは少なかった。

「あの、もし仕事が早く終わったら、八幡さまのお祭りへ行ってもよろしいですか」

太助が恐る恐るきいてきた。

「なんだ、そんなことか。良いに決まっているじゃないか」

「ほんとうですか？　ありがとうございます」

太助の顔が、ぱっと明るくなった。

「それにしても、お前さんが祭りに行きたいなんて珍しいな」

人混みが嫌いな太助である。深川祭りと言ったら、太助が最も嫌いそうだ。

「ええ、たまには行きたいなと」

太助は少し目を逸らす。

「もしかして、誰かと一緒に行くんだな」

「まあ、その……」

「どこの子だ」

「誰っていう訳では……」

　太助は顔を赤くする。

「祭りに行くと言っても、お前さん、お足がないだろう」

「ええ……」

「これを」

　与四郎は近くの手文庫を手繰り寄せ、中から二分の小粒銀を取り出して渡した。

　太助は小粒を手にして、目を大きく見開いた。

「よろしいんですか？」

「もう上がっていい。それより、髪結い床に行ってきなさいよ」

「あ、はい」

　太助は少し伸びた月代を触りながら、照れくさそうにした。

　ふと、与四郎も女房の小里と初めて祭りに行った時のことを思い出していた。小里は幼い時に父を亡くし、母に育てられた。母は常磐津の師匠をしていたこともあって、暮らしに困ることはなく、常に母の弟子に面倒を見てもらっていた。

　母は八年前に亡くなったが、それからも路頭に迷うことなく、弟子たち数名が小里の暮らしを支えてくれた。しかし、母がいた頃のように、自宅で稽古をするわけでもないし、日本橋馬喰町にある手頃な家に引っ越した。その近所に『日本橋屋』という大店（おおだな）の小間物屋があって、まだ独立する前の与四郎が勤めていた。

与四郎は一目見た時から、小里に惚（ほ）れた。小里も同じ気持ちであるように思えた。

しかし、根がまじめな与四郎はすぐに想（おも）いを打ち明けることはなかった。

客として二年ほど通ってくれた頃、深川祭りに誘ったのであった。

懐かしい気持ちになりながら、太助を送り出した。

祭りの客たちが店の前を通り過ぎて行く。

太助は出がけに、五つ（午後八時）までには帰ると言っていた。しかし、五つ半（午後九時）になっても一向に帰って来なかった。

小里が心配して、

「あの子に限って遅くまで遊んでいるとは思えません。迎えに行った方がいいんじゃございませんか」

「そうだな……。じゃあ、ちょっと行ってくる」

与四郎は家を出た。

富岡八幡宮へ向かう途中の道にも、人が溢（あふ）れていた。八幡宮の境内（けいだい）に入ると、露店が出ていて、さらに人が多かった。

目で見て捜しても埒（らち）が明かないので、

「ちょっと、すまないが」

と、太助の特徴を露天商たちに聞いて回った。だが、誰も知らない様子であった。

汗をかきながら、半刻捜しても見当たらない。

もしかしたら、家に帰っているかもしれないと、最後に近くの自身番へ寄った。

「あっ、与四郎。やっと来たか」

自身番に詰めている同じ年の半太郎という馴染みの番人が声を上げた。

「どういうことだ」

「さっき遣いをやったんだが、それで来たんじゃないのか」

「いや、太助を捜しに来たんだ」

「その太助のことだ」

半太郎は、与四郎が口を開く前に言う。

「太助の身に何か?」

与四郎は嫌な胸騒ぎがした。

「ちょっと、悪い奴に絡まれて、殴られたんだ」

「えっ、それで太助は?」

「いま、近くの『鶴岡屋』で休んでいる」

『鶴岡屋』といえば、永代寺門前仲町にある大きな呉服屋である。与四郎とそこの旦那とは何ら関わりがなかったが、旦那は人格者だと聞いている。

　半太郎は、安心させるように優しい言い方でさらに続けた。

「まだ太助から詳しいことは聞いていないが、悪い奴らに絡まれたのを鶴岡屋さんに助けてもらったそうだ。もう少し鶴岡屋さんが来るのが遅かったら、どうなっていたことやら……」

「そうだったのか。すぐにでも、行かなければいけないな」

　与四郎は自身番を出ようとして、ふと思いついて振り返った。

「そういや、太助はひとりだったのか」

「いや、お絹ちゃんと一緒だった」

「お絹ちゃんというと？」

「『丸醤』の娘だ」

　永代寺門前町の醤油問屋、『丸醤』のことだ。

『丸醤』のおかみさんが小間物を買うときには、『足柄屋』を贔屓にしてくれて、太助に品物を届けさせることがよくあった。あまりお絹とは話したことはないが、会えば笑顔で挨拶をしてくれるし、感じの良い娘であった。

「お絹ちゃんは無事なのか」

「太助が何とか逃してくれたそうだ。それで、お絹ちゃんがここに来て、その時のことを教えてくれたんだ。お前さんのところにも報せなければいけないと思っていたんだが、祭りのせいで喧嘩が起きたり、町役人たちも手一杯で、なかなか報せに行けなかった。すまない」

半太郎が頭を下げた。

「いや、むしろ迷惑をかけた」

与四郎は自身番を出て、少し遠回りになるが、人通りの少ない細道を通って、『鶴岡屋』へ行った。

すでに表は閉まっていたので、裏の木戸口に回る。

裏庭を通り、灯りの点っている母屋の勝手口と思われる出入り口へ進んだ。

扉を開けると、すぐに若い女中がいた。

女中は少し驚いた顔をして、与四郎に何か問いただしたそうな顔をした。

「すまない。『足柄屋』の与四郎という者だが、こちらでうちの小僧が面倒を見てもらっていると聞いて」

与四郎が静かな声で言う。

「あ、はい。いま旦那さまが看病をなさっていて」

「なに、旦那さんが？　是非、会わせてくれ」

「ええ、奥へどうぞ」

与四郎は女中の後について行く。

勝手を出て、中庭に面した廊下をまっすぐ進み、突き当たりを右に曲がり、すぐ次の角を左に曲がった。

すぐの部屋の襖(ふすま)の前で女中は腰を下ろす。

女中が与四郎に目で合図をしてから、

「失礼します。『足柄屋』の旦那がお越しです」

と、声を掛けた。

「おう、入っていただけ」

中から太く通る声がする。

女中が静かに襖を開けた。

中には四十歳そこそこの優しそうな細目だが、体軀(たいく)のがっちりとした男が座っていた。その傍らに布団が敷いてあり、太助が横たわっている。

「旦那、お初にお目にかかります。この太助の主人をしております足柄屋与四郎と申します」

与四郎は部屋の前から深々と礼をした。

「又右衛門です。どうぞ、こちらに」

「では」

与四郎は又右衛門に促されて部屋に入った。

太助の頭の横、又右衛門の正面に腰を下ろす。太助を見ると、額と口元に切り傷があり、両目は腫れ、顔中痣だらけであった。

「少し人目から離れたところで、質の悪そうな奴らに絡まれていました」

又右衛門がいたわるような眼差しで言う。

「どうして、太助が……」

与四郎は納得いかなかった。

「私もまだ詳しくは聞けていません。とにかく、私が通りすがった時には口を開くのがやっとでした。いま岡っ引きの親分さんが調べています」

「そうでしたか。旦那には何とお礼を申し上げたらよいのか」

「もっと早くに気づいていればよかったのですが」

「いいえ、本当にありがとうございます。まだこいつが起きるまで、こちらで休ませていただいてもよろしいですか」

「もちろん。起きたときに、お前さんが傍にいれば安心するでしょう」

又右衛門が優しく言い、立ち上がり、「何か必要なものがあれば、この鈴を鳴らしてください」と、部屋を出ていった。

与四郎は太助を見つめる。

額に汗が滲み、太助が低い声で唸った。

「大丈夫か」

与四郎は太助の肩に軽く手を置いた。

太助がはっとしたように目を開け、与四郎を見つめる。

「旦那さま……」

消え入るような声で言い、上体を起こそうとした。

「そのままでいい」

与四郎は止めた。

太助は力が抜けたように、再び横になり、「すみません」と謝った。

それから、首だけ動かして辺りを見回し、

「ここはどこですか」

と、きいてきた。

「永代寺門前仲町の『鶴岡屋』さんだ」

「あっ、そういえば、誰かに助けてもらって……」

「思い出したか」

「はい」

「一体、何があったんだ」

与四郎がきく。太助は大きく息を吸ってから、「柄の悪い奴らがお絹ちゃんにちょっかい出そうとしたんです。それで、注意したら、その連中が私に向かってきまして……」と、答えた。

「相手の顔は覚えているか」

「そこまではわかりません。とにかく風体の悪い奴らです。見たらわかります」

与四郎は頷いてから、

「辛い思いをしたな。だが、世の中、正しいと思ったことを口にすると、かえって危害を被ることがある」

と、太助に顔を戻して言った。

「でも、人の道に外れることを見過ごせというのですか」

「いや、お天道様がちゃんと見ていて、罰を与えてくださる」

与四郎は言い聞かせるように告げた。だが、太助は不満な様子であった。

「お前をこんな目に遭わせた奴らは、この私が許さない。この件は私に預けなさい」

与四郎は強い口調で言った。

「はい」

太助は、こくりと頷いた。

与四郎の胸にも、沸々と怒りが込みあがってきた。

三

翌日の朝、与四郎は永代寺前の『丸醤』を訪れた。

間口が七間（約十三メートル）もある大店で、少し先からでも醤油の香ばしい香りが漂う。ここの醤油を求めるために、遠くは博多からも商人がやってくるという。

土間に入ると、店内では奉公人たちが慌ただしく働いていた。

近くにいた番頭風の男に、

「『足柄屋』の与四郎と言いますけど」

与四郎が声を掛けた。

番頭は「あっ」と小さな声を漏らし、気まずそうに与四郎を見る。

「お絹さんのことですよね」

「ええ」

「ちょっと外へ」

番頭が土間に降り、店の外に出た。それから、少し離れたところまで歩き、辺りを見渡してから、

「こんなことを出し抜けに言うのは失礼だと思いますが、この間のことでうちの旦那はカンカンに怒っています」

「そりゃあ、そうでしょう」

与四郎は尤もだというように頷く。

「そんな生易しいものではありませんよ、太助を半殺しにしなきゃならないと声を荒らげていましたし、『足柄屋』の旦那にだって、同じ目に遭わせてやるとか……」

番頭のあまりの剣幕に、悪い冗談とも思えなかった。

「ともかく、旦那の機嫌が落ち着くまでは私が何とかしておきますから、それから来てください」

番頭が真剣な顔で言う。

しかし、与四郎は首を横に振った。

「あんなことがあったからこそ、私がちゃんと旦那に謝ります」

「足柄屋さんは旦那の恐さを知らないからそんなことが言えるんです。悪いことは言いませんから、私に任せてください」

「いえ、それはなりません。私には責任がありますから」

与四郎は言い返した。

それから、再び『丸醬』に戻った。番頭はずっと止した方がいいと説得してきたが、土間に入り、「お気を遣って頂きありがとうございます。どんなことをされても、私は構いませんから」と与四郎が番頭の目をしっかりと見て言う。

番頭は諦めるように目を逸らし、

「では、こちらに」

と、言った。

与四郎は履物を脱いで上がり、番頭に付いて行き、廊下を奥へ進んだ。角を何度か曲がった右手にある襖の前で止まる。

「旦那さま、足柄屋さんがお見えで」

番頭は低い声で言った。

「なに、足柄屋だと！」

しゃがれた大きな声が聞こえ、がさつな足音と共に、襖がばっと開いた。

眉間に皺を寄せ、脂ぎった大きな顔が目に映る。

「お前が『足柄屋』の主人か」

「はい、与四郎と申します。この度は小僧がご迷惑をおかけして誠に申し訳ございませんでした」

与四郎は頭を深々と下げた。

「ふざけた真似をしやがって。お前の顔なぞ見たくもない。帰れ、帰れ」

旦那は与四郎の肩を殴るように押した。

「待ってください。今回のことで、ちゃんとお話しなければ」

与四郎は引き下がらなかった。

「話なぞ、どうでもいいわい」

「あの、お絹ちゃんにも会って謝らせてください」

「お前や小僧に、大事な娘を会わせるか！」

「しかし、お絹ちゃんだって、うちの小僧に会いたいと思っているはずです」

「なんだと？　ふざけたことを抜かしやがって」

旦那はいきなり拳固(げんこ)で与四郎の頬を殴った。

与四郎は思わず体勢を崩しそうになった。

「旦那さま、お絹さんは恐い思いこそしたかもしれませんが、『足柄屋』の小僧さんが助けてくれたんです」

番頭が咄嗟(とっさ)に助ける。

「あの小僧がいなければ、巻き込まれることもなかった」

「ですが、悪いのは相手であって」

「関係ねえ。小僧のせいだ」

与四郎は人差し指を突きつけられた。

「さすがに言い過ぎじゃ……」

番頭が口を開くと、旦那は目で殺すようにきつく睨みつけた。

与四郎がもう一度割って、

「いえ、一切私の責任ですので、どんなことを言われても構いません。うちの小僧に落ち度があることは確かですが、どうか本人の口から謝罪と説明をさせてください」

と、再び深々と頭を下げた。

「胸糞悪い。こんなことになって、只で済むと思うなよ」

　旦那は肩をわざとぶつけて押しのけ、部屋を出て行った。

　番頭は「だから言ったでしょう」というような目で与四郎を見たが、

「失礼な態度で申し訳ございません」

　と、謝った。

「また来させてください」

　与四郎は重い足で引き上げて行った。

　その日の昼過ぎ、与四郎は両手に風呂敷包みを抱えて、『鶴岡屋』を訪れた。

　土間に入ると、すぐに旦那の又右衛門が見えた。どこか憂鬱そうな顔で帳場に座っていた。与四郎が一度声を掛けたが、聞こえないようであった。

「あの、又右衛門さん」

　もう一度言った。

　又右衛門は、はっとして顔を上げる。

「すみません。ぼうっとしておりまして」

「いえ。うちの小僧のせいでお疲れなのではないですか」

「そんなことはありませんので、お気を遣わずに」

「なら良いのですが」

「それより、どんなご用で？」

又右衛門がきいてきた。

「もし、うちの小僧が動けそうだったら、連れて帰りたいと思いまして」

「お医者さんはまだ動かさない方がいいと言っています。うちのことは気にしなくていいから、ここで養生させましょう」

与四郎は右手に持っていた大きめの箱を土間に置き、両手で菓子折りを渡した。

「こんな気を遣ってもらわなくても」

又右衛門は受け取れないというように返そうとしてきたが、

「いえ、旦那に助けていただかなかったら、下手したら死んでいたかもしれませんので。どうぞ、お収めください」

与四郎が押し戻した。

「私はたまたま通りがかっただけですのに、かえって申し訳ございません」

又右衛門は昨日と同じように謙遜（けんそん）しながら、両手で菓子折りの箱を受け取った。

「本当に旦那には感謝しきれません。もしよろしければ、おかみさんに何かお好きなものをと思いまして」

与四郎は箱を拾い上げ、中身を開いて見せた。

選び抜いた上等な小間物を並べてある。

「こんな大そうなものを受け取れませんよ」

又右衛門は大げさなほどに首を横に振る。

「いえ、あの小僧に何かあったら、私の商売も困りますし、本当に旦那にはお礼をさせていただきたいのです」

与四郎は真っすぐな目で言う。

「お気持ちだけありがたく受け取らせて頂きます」

又右衛門がやんわりと断った。

何度か押し問答をしたが、返答は変わらない。

それどころか、せっかく来たのだからと、お茶でも飲んでいってくれと言われ、

「それではお言葉に甘えさせていただきます」と、上がることになった。

客間に移ってから、

「実はあれから太助と話したのですが、太助と『丸醬』の一人娘のお絹ちゃんとは好いた仲だったようです。といっても、まだ子どもですから、恋だなんだという感じで

はないかもしれませんが」

　与四郎が言うと、

「いえ、今の子どもはわかりませんよ。私らの時よりもませていますから」

「そうですかね」

「ええ、そうですとも。ともかく、太助の命が無事で、お絹ちゃんには何もなかったことが幸いですな」

「ええ、全くです」

　それから、互いの身の上話になった。

　又右衛門は信州の生まれで、九つの時に江戸にやって来たという。二十七歳のとき、刻み莨売りをしていて『鶴岡屋』の旦那にも贔屓にしてもらった。やがて、旦那に気に入られて、婿養子になった。そして、今では深川でも指折りの呉服屋へと成長させた。

「やはり、真面目にコツコツと働いているのに限りますね」

　与四郎はしみじみ言った。

「ええ、まったくです。それにしても、与四郎さん。お前さんはたった十年で自分の店を持ち、それから三年も続けられている。余程才があると見えますな」

又右衛門が褒める。

「ただ、運が良かっただけです」

「きっと、日ごろの行いが善いからでしょう」

「お地蔵様を見れば必ず手を合わせているので、そのご利益かもしれません」

「どうして、お地蔵様を？」

「江戸に出てくる時に、品川宿の近くの地蔵堂に供えられていた二朱を盗みました。というのも、江戸に連れてきてくれるはずの人にお金を持ち逃げされて、江戸までどうやって行こうかと悩んでいたんです。そんな時に、お地蔵様が取っていけと言ってくれたんです」

「お地蔵さまが言った……」

「ええ、信じて頂けないかもしれませんが、確かに言いました」

与四郎は真剣な眼差しで言う。

又右衛門は曖昧な表情で頷いた。誰に言っても、変な顔をされる。しかし、あんなにはっきりと聞こえた言葉が、思い込みだなんて思えない。

「それで、お地蔵さまをずっと信仰しているのですか」

「はい」

「不思議なこともあるものですな……」

又右衛門はどこか遠い目をしながら呟いた。

しばらく話していると、廊下から足音がして、「失礼します」と襖が開いた。

若い手代風の男が、

「水戸藩の方がいらっしゃいました」

「裏庭が見渡せる客間に通しておきなさい」

又右衛門が指示する。手代風の男は頭を下げて去っていった。

「では、私はそろそろ」

与四郎は腰を上げた。

「すみません。またゆっくりいらしてください」

又右衛門は表まで見送ってくれた。

別れ際に、「今度、うちの女房が『足柄屋』へ伺いますので」と言った。

「気が向いた時にでもいらしてください」

与四郎はそう言って、『鶴岡屋』を去った。

四

暮れ六つ（午後六時）を告げる鐘の音が、いつもより重たく響いている。茜色の空には雲が多かった。

鶴岡屋又右衛門は、佐賀町にある大川端のどじょう鍋の店の二階の座敷を開けた。

中には額に刀傷のある無精ひげの品の悪そうな四十半ばぐらいの男が、片膝を立てて、どじょう鍋を摘まみながら、手酌で酒を呑んでいた。

男は又右衛門に顔を向け、

「重吾」

と、低い声で言った。

重吾というのが、又右衛門の本名である。

「その名前で呼ばないでくれと言っているはずだ」

又右衛門は不機嫌そうに答え、鍋を挟んで正面に腰を下ろす。

三月ばかり前に、『鶴岡屋』の近くで出くわしたのが、久々の再会であった。偶然出会ったというよりかは、男は又右衛門のことを待ち伏せしていたようであった。

そして、「おう、こんなところで会うなんて、奇遇だな」と、何か企んでいそうな顔をしていた。

今日は、その時よりもさらに悪い顔をしていた。

少し経つと、女中がやって来て、又右衛門の注文を聞いて来た。

「腹が減っていないから、何か土産で持って帰れそうなものを包んでくれ」

「はい。お酒は如何しましょうか」

「呑まないから、お茶でも」

「かしこまりました」

女中は引き下がる。

男は歪んだ笑顔を向ける。

「どうした、昔はあんなに酒が好きだったじゃねえか」

「昔とは違う」

「そうだよな。今じゃ、『鶴岡屋』の旦那さまだもんなあ」

男は意味ありげに語尾を伸ばした。

廊下から「失礼します」と声がかかり、女中が茶を運んで来た。それから、土産で持って帰れるものの説明をして、座敷を出て行った。

「旧友の顔は見たくもねえってか」

　男は鍋に手を付けながら、苦笑いする。

「お前さんを一度でも友だと思ったのが恥ずかしいくらいだ」

　又右衛門は男と目を合わさずに返事をする。

「そう言うなって。お前が困っている時には助けてやったじゃねえか」

「……」

「俺（おれ）がいなきゃ、今頃お前さんは野垂れ死んでいただろう」

「いや」

　又右衛門が否定するや否や、

「違いねえ」

　男は言葉を被（かぶ）せてきた。

「お前がいなければ、倉賀野（くらがの）なんかに行かなかった。そして、博打（ばくち）なんか覚えなかった」

　又右衛門が言うと、男は鼻で笑った。

　いちいち、男の反応がいらついて仕方がない。

「で、また金の無心か」

又右衛門が突き放すように言った。

「無心なんて嫌な言い方をしないでくれ。お前に恩返しをさせようと思っているだけだ」

「嫌な言いようだ」

「でも、あんなことを世間が知ったらどうなるか」

「……」

又右衛門は睨みつけた。

「冗談だ。俺だって、お前というお大尽がいるのに、そんな馬鹿な真似はしねえよ」

男はにこやかに言ってから、急に顔つきを変え、

「でもよ、俺があのことを言いふらしたらお前さんは困るだろう」

と、見下すように言う。

「いつまで、そんなことを繰り返すつもりだ」

「そりゃあ、わからねえな。俺の懐が潤ったら、こんなみみっちいことはしねえよ」

「いい加減に終わりにしてくれ。これで、三度目だ」

「まだ三度目だ」

「仏の顔も三度までと言うだろう」

「お前さんが仏ってか」

男は声を立てて笑った。

「ともかく、しばらくは顔を見せるな」

又右衛門は懐から厚みのある袱紗（ふくさ）包みを取り出して、男に渡した。

「ほお、随分と弾んでくれたな」

「約束だからな、近寄らないでくれ」

「ああ」

男は生返事をしながら、袱紗を開けた。それから、ニタニタして、「やっぱり、持つべきものは友だな」と、舌なめずりをする。

又右衛門は茶を一口飲むと、立ち上がった。

「もうお帰りで？」

男は引き留める様子もなくきいてくる。

「勘定は済ませておく」

「いつもすみませんねえ」

座敷を出るとき、又右衛門は思わず音を立てて襖を閉めた。

『鶴岡屋』に帰っても、苛立（いらだ）ちを隠しきれなかった。

一刻（約二時間）後。

裏庭に面した部屋の障子に、又右衛門の影が映る。ひとり酒を呷（あお）っているが、その姿はどこか暗かった。

「旦那さま、お代わりを持ってきました」

廊下から女中の声がする。

「ああ」

又右衛門がぼそっと言うと、女中が襖を開けて入って来る。空の徳利（とっくり）と新しい徳利を替え、猪口（ちょこ）も取り替えた。

無言で又右衛門は手酌した。

「あの、旦那さま……」

女中が顔を覗き込む。

「なんだ」

又右衛門は目だけを女中に向けた。

「大丈夫ですか」

「何がだ」

「最近、様子が違いますので」

「何でもない。ちょっと疲れているだけだ」

「按摩でも呼びましょうか。ついさっき、通り過ぎて行ったところなので、まだそう遠くには行っていないはずです」

「いや、そんなことしてくれなくて平気だ。ありがとう」

又右衛門がそう言うと、女中は納得しない顔をしながらも、部屋を出て行った。

酒をぐいと呑み、障子を開けて外を覗いた。

窓のすぐそばには小さな池がある。そこに二尾の鯉が泳いでいる。一尾は黒く大きくて、もう一尾は赤と白が半々に混ざっている模様で、小さい体をしていた。

又右衛門は鯉の餌を取り出して、池に向かって投げた。

黒く大きい鯉は餌に向かって直進し、口を大きく開いて食べだした。赤と白の鯉は黒い鯉に遠慮しているのか近くに流れてきた餌だけを食べる。

可哀想に思い、赤と白の鯉の近くに餌を投げてやる。

すると、黒い鯉が餌を奪いにやって来た。

鯉を眺めていると、遠い昔の記憶が蘇ってくる。又右衛門が二十歳の時であった。その頃は、日本橋馬喰町の大店の隠居の世話をしていた。隠居は手足が不自由だが、口だけは達者であった。「あれをしろ、これをしろ」と常に口やかましく、いつも眉間に皺を寄せて怒っていた。

誰からも好かれていなかった。

そんな隠居が唯一、優しい顔になるのが鯉の餌遣り(えさや)だった。隠居の家の庭にも大きな池があり、そこには鯉が五十尾近くいた。隠居は手がうまく使えないので又右衛門が代わりに餌を遣っていたが、隠居はその様子を嬉(うれ)しそうに見ていた。

ある冬の初めの朝のことであった。

隠居は鯉を眺めているのに、険しい顔をしていた。

「重吾、鯉なんて何も考えていないようで、皆それぞれ違う。とろい奴もいれば、素早く他の鯉の餌を喰(く)う奴もいる。できない鯉が八割で、できる鯉が二割といったところか」

「はい」

「お前は頭もよくなくて、商売の才能もない」

「はい……」

「できない鯉は、いなくなっても何ら困らない。人間だって同じだ。それをわしが仕事を与えてやっている。有難いと思わんか」

隠居は急に憎い顔つきになった。

この時、又右衛門は思った。

隠居だって、昔はいくら商売の才能があったのか知らないが、いまはひとりでは何もできないではないか。

できない奴は、いなくなっても構わない。それならば……。

又右衛門は隠居を池に突き落とした。

「お、おい。何をするんだ」

池の中で隠居はもがいた。だが、手足がうまく使えず、悲痛な声を上げながら溺(おぼ)れて死んだ。

又右衛門は隠居の家から、金目の物を盗(と)り、江戸を去ったのだった。

あれから、二十年が経つ。

隠居を突き落とした後悔と痛快感は、この手がしっかりと覚えている。

若い頃の過ちと言い切れる程、生易(なまやさ)しい出来事ではない。このことは誰にも知られず、自分の心のうちだけで留(とど)めている。

ため息をつきながら隠居のことを考えるのと共に、もうひとつの出来事も脳裏に浮かんだ。

隠居を殺して、江戸を去った又右衛門は上州(じょうしゅう)倉賀野へ向かった。倉賀野には木材商をしている旧友がいて、その男を訪ねたのだった。

男の名前は秀次郎という。

秀次郎は商売で失敗して、博徒となっていた。どこで拵えたのか、額には刀傷があった。

又右衛門は秀次郎に博打を教えられた。初めは面白いように勝っていたが、掛け金が少なかったのでそれほどの儲けにもならなかった。欲が出て、徐々に掛け金も増えて行くと今度は負けが目立つようになった。しかし、負けた分は次の博打で取り返せばいいと考えて、どんどんのめり込んでいった。後でわかったことだが、秀次郎がいかさまをしていて、どうあがいても勝てる勝負ではなかった。

数年の間に又右衛門は隠居から奪った金を博打で全て失った。

秀次郎に金を借りようとしたが、冷たく突き放された。その時にようやく、自分は金づるだったとわかった。悔しさのあまり、秀次郎を殺そうとしたが返り討ちに遭い、命からがら倉賀野を逃れたのだった。

それから三年が経ったある日のことであった。

又右衛門は一文無しで戸塚から保土ヶ谷の間の辺りを歩いていた。東海道から外れた細い道で、追剝でもしようという考えであった。

その時、たまたま保土ヶ谷の方から正面に歩いて来た商人風の男に、

「もしかして、重吾さんじゃないですか」

と、声を掛けられた。

各地で違う名前を使っていた又右衛門であったが、重吾と呼ぶのは江戸で知り合った者だ。

「いえ」

又右衛門は咄嗟に否定した。

しかし、相手は引き下がらなかった。

「そんなに警戒しないでください。あっしは弥吉です」

そう言われて、ようやく思い出した。

地方を歩き回り、江戸に出てきたい若者たちに奉公口を紹介することを生業にしている弥吉だ。

たまに行く呑み屋で知り合った仲であった。

「やっぱり、重吾さんでしょう？」

弥吉は引き下がらなかった。

又右衛門が曖昧に首を動かすと、

「急に呑み屋に来なくなったんで心配していたんですよ。あれから、お元気でしたか」

どうやら、隠居を殺したことを知らないような様子であった。

「ああ」

又右衛門はそれでも警戒するように低い声で答えた。

「ご隠居さんのことは残念でしたね。まさか、滑って池に落ちて亡くなってしまうなんて」

「……」

「あれ？　ご存知じゃないんですか？」

「知らないな」

「もう重吾さんはご隠居のところを辞められていたんですか。あっしはてっきり、ご隠居が亡くなったので、重吾さんは他のところに引っ越して、あの店に来なくなったのかと思いました」

弥吉が飄々（ひょうひょう）と言う。

「俺はもうその時にはいなかった。それより、お前さんはこんなところで何をしているんだ」

又右衛門は話を逸らした。

「足柄から江戸に向かう途中、『日本橋屋』に奉公をさせる小僧を連れていたんですがはぐれてしまったので、戻ることにしたんです……」

「小僧とはぐれた？　それなのにずいぶんのんびりしているではないか」

「ひとりでも江戸に行くでしょうよ」

「それでいいのか」

「ええ。また機会があれば、江戸で呑みましょう。隠居の話でもしながら」

弥吉は笑顔で言って別れた。

又右衛門は少し歩いてから立ち止まり、振り返った。

江戸では自分が隠居を殺したことになっていないのか。金目のものがなくなっていて、隠居も死んでいたとなると、岡っ引きや同心は必ず自分のことを疑うであろう。だとすると、弥吉はそれを知っていて、わざと惚けていたのか。あんなに飄々としているが、そういう奴に限って内心何を考えているのかわからない。

辺りには誰もいない。

又右衛門は、弥吉を追いかけた。

足音で弥吉は気が付いたのか、顔を振り向けた。

「どうしたんです?」

弥吉が口にするや否や、

「ご免」

又右衛門は懐から匕首を取り出して、弥吉の胸を目掛けてぐさりと刺した。

「うっ……」

弥吉は言葉にならない鈍い声を出して、うずくまるように倒れて行った。弥吉の衣服を漁って、財布を奪った。

又右衛門の犯行を咎めるように、蛙が鳴いていた。

その声が今でも耳にこびりついている。

五

その日の夜四つ（午後十時）過ぎ、与四郎は『足柄屋』に帰った。また『丸醤』へ行ったが旦那には会って話し合うことを拒まれた。しかし、与四郎はあの旦那と話し合わないと進まないと思い、また明日にも行ってみようと思った。

帳場で女房の小里が算盤を弾いていた。その姿に、与四郎は思わず立ちつくして、見惚れていた。

祝言を挙げてから二年は経つというのに、一度も言い争ったことがない。それは与四郎が小里のことを一番に考えているからでもあるが、それ以上に小里が文句のひとつも言わないからだ。明るく楽天的なのに、思慮深く、そしていつも元気な小里に、与四郎は元気をもらっていた。

小里は顔を上げ、にこりと笑顔を作る。

「留守を任せてすまなかった」

店にあがった与四郎がきいた。

「近所の商家のお内儀さんたちが何人か来ましたよ。特に、お前さんに用があって来られたお客さまはいませんでした」

小里はそう言ってから、

「それより、遅くまで大変でしたね」

と、慰める。

小里は顔を見ただけで、どんなことを考えているのかがすぐにわかるようだ。

「どうすれば、あの旦那に許してもらえるんだろうな」

与四郎は小里の隣に腰を下ろし、ため息をついた。

「そもそも、あの旦那に許してもらう必要なんかないのでは？」

「え？」

「そりゃあ、太助が迷惑をかけたことに関しては謝る必要はありますが、お前さんが代わりに謝りに行きました。でも、向こうがそれを拒んでいるだけの話ではありませんか」

「でも、太助とお絹ちゃんがもう会えないかもしれない」

「いくら自分の娘だからといって、ずっと家に閉じ込めておくわけにはいかないでしょう。もう少ししたら、きっとお絹ちゃんも外に出られるようになりますよ」

「だが、太助はすぐにでも会いたいだろう」

「仕方ありません」

「そりゃあ、あんまりじゃないか。まだ若いふたりのことだ」

「本当に相手のことを想っているなら、会えない時があっても我慢は出来ますよ。お前さんがいちいち口を出すことはありません」

「そうだけどな……」

与四郎は何とは言えないが、納得できないように首を傾げた。

「他にも心配事が？」

すかさず、小里がきいた。

「心配っていう程でもないが、『足柄屋』を潰すとか何とか言われたんだ」

「いくら大店の旦那だと言っても、そんなに力はありませんよ」

「だといいんだが、妙に嫌な気がしてならない」

「大丈夫ですよ」

小里は与四郎の目をじっと見て言った。

次の日の朝、『足柄屋』に三十代半ばの上品な女が入ってきた。手には風呂敷包みを提げている。

帳場にいた与四郎は女に近づいた。

「いらっしゃいまし」

「あの、『鶴岡屋』の内儀の静でございます」

「あっ、又右衛門さんの……。ようこそ、いらっしゃいました」

与四郎は頭を深く下げた。

「小僧さんはもう顔の腫れも引いて、元気になってきています」

「それはよかった」

与四郎は胸を撫でおろした。すると静が風呂敷を解いて、小さな桐箱を取り出した。

「これは、京より取り寄せた金平糖です。どうぞ」

「恐れ入ります。でも、こんな大そうなものを……」

「いいんですよ」

「では、お言葉に甘えまして」

与四郎は受け取ると、静は店内を見て回った。

赤い珠の簪を手にして、

「こちらを頂けますか」

と、即決した。

『足柄屋』の中で、一番値が張る商品であった。他の商品と比べても、ひときわ目立って高価である。客たちの目を引くが、値段を聞くと、皆諦める代物だ。

「知り合いの商人が京で仕入れてきたものです。公家の九条家御用達の職人が作ったものだそうで」

「九条家の……。どうして、そのようなものがこちらに？」

「実は数年前のことです。ある大名家のご家来が、奥方の気を引くような簪を買いたいと言われました。『足柄屋』以外にも、小間物屋はございますが、以前偽物を買わされたことがあり、その時の奥方の怒りは大変だったようで、信頼できる手前共に任せたいとのことでした。普段、そのような高価なものは取り扱わないのですが、京で大変お世話になっている大店の旦那の伝手を頼れば何とか手に入れることはできると思いまして、引き受けました」

「しかし、その品を取りに来なかったのですね」

「その通りにございます」

「騙されたのですね」

「いえ、違います」

与四郎は首を横に振り、

「何かしらの事情があるのだと思います。そのご家来の方は何度か手前共でお買い上げになったことがありまして、とても人を騙すような悪い方には思えませんでした」

と、正直に語った。

静は微かに笑う。与四郎は何だろうと静を見ると、

「うちの人が言っていました。『足柄屋』の旦那ほど心が清らかな方はいないと」

「いえいえ、とんでもない」

「今その通りだと思いました。きっと、これくらいの品ですと、三十両くらいはしま

すでしょう?」

「ええ、まさに」

「それくらい高価なものを買わされても恨まないどころか、疑うこともしないなんて、並の人間ができることではございません。相手の素性がわかっているのであれば、訪ねていけばよろしいではありませんか。でも、お前さんであれば、そのようなことはなさらないでしょうね」

「そのようなことは出来ません」

「そこが素晴らしいと思うのです。わかりました、こちらをください」

静は簪を持ち上げて言った。

「よろしいのですか?」

与四郎は驚いてきく。

「はい」

静は笑顔で頷く。

「もし、さっきの話に同情しているだけだとしたら……」

「いえ、本当に欲しいのですよ。後ろに挿してくださいな」

静が与四郎に簪を手渡す。与四郎は丁寧な手さばきで簪を挿した。それから、鏡を持ってきて、見えるようにかざした。

天窓から陽(ひ)の光が差し込み、鏡に反射して、静を映し出す。

「如何でしょう?」

与四郎がきくと、静はにっこりと笑った。

『足柄屋』の特注の美濃(みの)紙に包んで、静に渡した。

「また今度、旦那にもお礼に伺わなければいけませんね」

与四郎が言うと、

「気になさらないでください」

「でも、何から何まで」

「世話好きなだけなんです。それに、あの人も与四郎さんの話をするときは珍しく嬉しそうな顔をするんです。最近、何があったのかわかりませんけど、ずっと疲れた顔をしていましたから」

「お世辞でも、そう言われると何だか嬉しいもので」

「お世辞なものですか。また来させてくださいな。お内儀さんにもよろしくお伝えください」

静は店を出て行った。

　あの旦那にして、このお内儀さんがいる。

　与四郎は気持ちを引き締めて、商売に勤(いそ)しもうという気持ちになった。と、同時に、心のどこかで漠然とした不安が湧(わ)いて来た。


　数日後の昼時、秋を感じる涼しい風が『足柄屋』の暖簾(のれん)を揺らす。

　ここ数日は客足が振るわなかった。季節の替わり目で、小間物を新しく買う客たちも多い時季なのに、どうしてだろうと不思議に思っていた。

　店を開けてから、昼までに客はひとりしかいなかった。そのひとりは初めて来る三十過ぎの商家のお内儀さんであった。特に何を買うわけでもなく帰って行った。

　九つ（正午）の鐘が鳴り、小里が店の間にやって来た。

「お前さん、もうそろそろ出なければ」

「じゃあ、店は頼んだ」

　与四郎は独立する前に働いていた馬喰町の小間物屋、『日本橋屋』の旦那に茶会に誘われる。ひと月に一度くらいは茶会を開いていて、多いときには二十人ほどが集まる。

　徒歩で馬喰町へ向かった。四半刻くらいで店に着いた。

店の前に着くと、ちょうど茶会に参加する駿河町（するがちょう）の呉服屋の隠居の幸兵衛（こうべえ）と出くわした。まだ与四郎が馬喰町で働いていた時には随分と可愛（かわい）がってもらった。芝居に連れて行ってくれたり、芸者の遊び方を教えてくれたのも幸兵衛であった。

「与四坊」

幸兵衛は昔からの名残でそう呼んだ。

いつも笑顔で話しかけてくれるのに、今日はどこか暗い表情であった。

「ご隠居、お体でも悪いのですか」

与四郎はきく。

「わしは何ともない。それより、お前さんが心配なんだ」

「えっ、私が？」

「お前さんはそんな男じゃないと信じている。だが、世間は違うぞ。すぐに噂話（うわさ）に騙される」

幸兵衛が注意した。

「ちょっと待ってください。一体、何のことを仰（おつしや）っているのですか」

「知らんのか？」

「見当もつきません」

与四郎が真っすぐな目で見て言った。

「そうか」

幸兵衛がため息をつく。

「どんな噂が？」

与四郎は、喰らい付くようにきいた。

「お前さんが小僧を苛めているという噂だ」

「えっ、私が？　何でまた」

「さあ、わからない。わしのところには、薬屋の旦那が言ってきた。もちろん、そんなのただの噂話だから信じることはないと言ったがな」

「……」

与四郎は下を向いて考えながら、『丸醬』の旦那が放った言葉が思い出された。

（こんなことになって、只で済むと思うなよ……）

だが、あれほどの大店の旦那たる者が、こんな卑怯な手を使うとは、俄かに信じられなかった。それに、そんな噂を皆が信じるということは、自分の日頃の行いが悪いからではないのかと、与四郎は落ち込んだ。

「何か思い当たる節があるのか」

幸兵衛がきいた。

「ええ、あるとすれば……」

与四郎は深川祭りの日、小僧の太助が『丸醬』の娘と出かけて、輩に絡まれたことを話した。そして、謝罪しに行った時の『丸醬』の旦那の態度にも言及した。

幸兵衛は苦い顔で、

「あいつが仕組んだことだろう」

「やはり、そう思われますか」

「やりかねん」

「どうすれば、よろしいのでしょうか」

与四郎は縋るようにきいた。

「小僧さんの口から、苛められていないということを話させれば皆納得すると思うが、今の様子だと、小僧さんはまだ店に出て来られないだろう。だからこそ、皆がその噂が正しいのだと思い込んでいるのかもしれん」

幸兵衛が考察する。

その時、店の中から手代の仲助が出てきた。与四郎の五歳年下で、まだ一緒に働いている時には色々と世話をしてやった。独立してからは会う機会が減ったが、それでも会えば楽しく会話をする仲である。

仲助は与四郎を見て、一瞬嫌な顔をしたが、すぐに愛想の好い笑顔になる。

頭を下げて、道を進んだ。

「方々で噂が流れているのですね」

与四郎は肩を落として言った。

「わしはお前さんを信じている。何か策を見出すから、気落ちするな」

幸兵衛が励ました。

そして、ふたりは茶会へ向かった。

通された部屋は大広間で、茶人の生駒宗久が招かれていた。大半が揃っていたが、ほとんどの者は与四郎を見る目が素気なかった。ただ、『日本橋屋』の旦那、吉右衛門だけは幸兵衛と同じ眼差しで見ていた。

茶会が始まり、一刻ほどで終わった。

いつもであれば、茶会が終わると他の商家の旦那と情報交換が目当ての雑談が始まるが、誰も与四郎のところには来なかった。

幸兵衛の元には、多くの者たちが近寄る。幸兵衛は心配そうに与四郎を見ていたが、与四郎は何ともないように振る舞った。

誰も話しかけてこないのでそろそろ帰ろうかと思った時、吉右衛門が他の者との会話を中断して、与四郎に近寄った。

「何も気にするなよ」

「はい」

「私はお前さんの味方だ」

それだけ言うと、また戻って行った。

第二章　脅迫

一

夜の帳が下りて、町には灯りが点り始めていた。

鶴岡屋又右衛門が得意先からの帰りに江戸橋を渡ったとき、正面に秀次郎に似た姿が見えた。一瞬、秀次郎かと思ったが、よく見ると違った。隣には柄の悪そうな着流しの遊び人風の子分が付いていていた。

ふたりは肩で風を切って歩いている。周囲の人は自然とふたりを避けた。

又右衛門は咄嗟に顔を背けた。

背中にその者たちの声が聞こえる。

「兄貴、この間はうまく行きましたね」

若い男が言う。

「まさか、あんなぼろい家に、あれだけ金があるとはな」

兄貴分が笑いながら答えた。

又右衛門は煮えくり返るような怒りが湧いてきて、振り返った。あのふたりは盗みを働いたのに違いない。追いかけて、問い詰めたい衝動に駆られたが、思いとどまった。秀次郎のことを思い出し、気が立っていた。

そのまま、『鶴岡屋』へ帰った。

太助が養生をしている奥の部屋に行くと、ちょうど白髪の医者、村田宗麟が来ていた。宗麟は横たわっている太助の額に手を当てたり、手首で脈を取っていた。

「先生、様子はどうですか」

ひと通り終わった頃、又右衛門がきいた。

「大分、よくなってきた」

宗麟が太助と又右衛門を交互に見て答えると、

「本当ですか？　では、普通に動き回っても？」

太助が期待するようにきく。

「それは、もう少し様子を見た方がいいかもしれない」

宗麟が低い声で答える。

「そうですか」

太助は肩を落とすが、

「でも、そんなに長くかからないと思う」

宗麟は励ますように言った。太助は少し頬を緩めた。宗麟は軽く太助の肩あたりを叩いてから立ち上がり、又右衛門に目配せして、部屋を出て行った。

又右衛門も続いた。

出入り口に向かって、廊下を少し歩くと、

「もう普通の暮らしが出来るくらいまで戻っている」

宗麟はなぜか声をひそめた。

「では、なぜもう少し様子を見た方がいいと？」

又右衛門がきいた。

「信じたくはないが、足柄屋さんのあの噂がな……」

宗麟はため息混じりに言う。

ふたりは出入り口まで来た。宗麟は土間に下りて、履物に足を通す。

「噂っていうのは？」

又右衛門は首を傾げた。

「足柄屋さんが、太助を苛めているって噂だ」

宗麟が重たく言った。

「えっ？　そんなはずはありませんよ」

又右衛門が即座に否定する。

「わしもそう思いたい。だが、世間はそう見ていないぞ」

「世間が？　どうして、そんな噂が？」

「よくわからないが、ともかく方々でこの話で持ち切りだ。今回怪我をしていることだって、あの旦那にやられたって。それで、太助がここに逃げていると」

「そんな滅茶苦茶な……」

又右衛門は唖然として、

「でも、先生は太助が深川祭りの日に怪我をさせられたって知っているでしょう？」

と、食い入るように言った。

「ああ、知っている。でも、それとは別に作られた傷も見受けられたのは確かだ」

「別の傷？」

「二の腕や太腿に擦り傷や痣があった」

「本当に別の傷だったのですか」

「間違いない。少し古いものだった。転んで出来たのかもしれないが……」

宗麟は複雑な目つきになる。

そんなことはあり得ない。あの足柄屋与四郎に限っては……。

又右衛門はいくら宗麟の言葉を聞いても、信じることは出来なかった。

「ともかく、太助が心配だ」

宗麟はそう言い残して、『鶴岡屋』を後にした。

それから又右衛門は、すぐに太助の休んでいる部屋に戻った。

「失礼するぞ」

襖（ふすま）を開けると、太助は上体を起こして座って本を読んでいたが、すぐに閉じた。

「すみません。勝手に読んでしまって」

太助が申し訳なさそうに言う。この部屋には孫子（そんし）の兵法や論語（ろんご）から、滑稽本（こっけいぼん）までありとあらゆるものが置いてある。又右衛門の趣味ではなく、先代が読書が好きであったので、処分できずに置いたままであった。

「いや、構わないよ。気に入ったものがあれば、持って帰っていいから」

「本当ですか？」

太助は目を輝かせる。

「そんなに本が好きなのか」

又右衛門がきいた。

「近ごろになってですけど、『足柄屋』にある本をちょくちょく読んでいまして。うちの旦那も随分と本が好きなんです。それで、色々と読ませてくれます」

太助は嬉しそうに語る。

与四郎のことも口にしているし、まさか苛めに遭っているなどないだろう。

そう思いはしたが、

「与四郎さんのことを慕っているのか」

と、探りを入れた。

「はい！」

太助は溌剌と答えてから、

「旦那のように、うちの旦那も素晴らしい方です。色々なことを知っていますし、何事にも熱心なんです。それに、いつどんな時でも私の味方になってくれる優しい人です」

と、憧れの眼差しになっていた。

「二の腕や太腿に擦り傷や痣があるそうだな」

又右衛門は確かめた。

「はい。私はそそっかしいのでいつも転んで」

「それで出来たのか」

やはり、苛められているなんてことはない。

「早く帰りたいか」

又右衛門はきいた。

「そりゃあ、帰れるものであれば」

「与四郎さんも早く帰ってきて欲しいようだ。どうだ、明日にでも帰るか？」

「でも、宗麟先生が……」

「先生は万が一のことも考えてとさっき言っていた。だが、もう帰って養生してもいいかもしれないとも言っていた」

「それなら、明日帰ります」

太助が意気込んだ。

「よし、わかった。今から与四郎さんに伝えに行ってくる」

又右衛門は立ち上がった。

「すみません、私のためにお手間をかけさせてしまって……」

太助は頭を下げた。

四半刻もしないうち、又右衛門は『足柄屋』の裏口の戸を叩いた。小里が出てきて、

「あっ、『鶴岡屋』の日那」

と、声を上げた。

「遅いのに、すまないね。与四郎さんはいるかい」

「はい。どうぞ、上がってください」

又右衛門は小里に勧められるままに、家に上がった。

奥の部屋に行くと、与四郎は険しい顔で筆を手にしていたが、又右衛門を見るなり、顔を上げて、はっとした。

「又右衛門さん」

与四郎が頭を下げる。

「太助のことで来たんだ」

又右衛門が言うと、

「太助が何か」

与四郎が心配そうに声を上げる。

「いや、お医者さんがそろそろ帰ってもいいだろうと言ってくれましてな」

「それはよかった。さっそく明日迎えに行きます」

与四郎がほっと胸を撫でおろす。

「そうしてくれると、あいつも助かるだろう」

「わざわざ、それを言うために来てくださったのですか」

「まあ」

又右衛門は曖昧に頷いた。

「そんなことでしたら、明日太助にひとりで帰らせてもよかったのに……」

「いや、まだ万全じゃないかもしれないから、それは出来ませんよ」

「そうですか。本当に、何から何まで親切にしてくださってありがとうございます。

決してお世辞ではございません」

与四郎が真っすぐな眼差しで言って、隣にいる小里にも同意を求めた。

「ほんとに」

小里は淑やかに頷いた。

「いえ、私は……」

又右衛門は首を横に振って否定する。隠居を池に突き落とした時のこと、保土ヶ谷宿の近くで弥吉を刺し殺した時のこと、その他様々な悪行の記憶と共に胸の奥が痛んだ。

「ともかく、朝いちばんで迎えに行ってもよろしいですか」

与四郎が前のめりになってきく。

「ええ、いつでも構いませんよ」

「ありがとうございます。恥ずかしながら、あいつがいないと何か調子が狂うといいますか……」

与四郎はこめかみ辺りを軽く引っ掻(か)く。照れ臭そうに笑った後に、どことなく憂鬱(ゆううつ)そうな表情が浮かんだ。

何かを気に病んでいるようにも見える。

あの噂は本人も知っているのだろうか。直接きこうと思ったが、切り出しにくかった。

　少し何とも言えない間が出来た。

　小里が横から、

「そういえば、先日はお内儀(かみ)さんにお越しいただいてありがとうございました。その上、高価なものを買って下さり」

と、礼を言った。

なかった。

「本当にありがとうございます」

与四郎は続けて、頭を下げた。

「いえ、あいつも喜んでいましたよ」

又右衛門は笑顔で返す。心なしか、自分の顔が引きつっているような気もしなくは

なかった。

外から、犬の遠吠(とおぼ)えが聞こえた。

「近所の野犬です。四つになると、必ず吠えるんです」

小里が付け加える。

「もうお暇(いとま)します。それじゃ、また明日」

又右衛門はふたりに表まで見送られて、辞去した。

少し歩くと、後ろから小走りの足音がした。

振り返ると、提灯(ちょうちん)の明かりに小里の白い顔が浮かんで見えた。

「お内儀さん、どうされたんです」

「あの、こちらを渡すのを忘れていました」

小里は掌(てのひら)に収まるくらいの小さな簪(かんざし)を差し出した。

「なんです?」

「この間、お買い上げいただいたものに付いていた品です。あれよりも、ふた回りくらい小さいものなんですが、一緒に挿したらさらに見栄えしますので」

「わざわざ、すみません」

又右衛門はそう言って、受け取りながら、

「本当は何か私に言いたいことがあったのでは？」

と、ふと思ったことを口にした。

「はい、その通りでございます」

小里は驚いたように答える。

「もしかして、あの噂のことで？」

又右衛門はきいた。

「やはり、又右衛門さんもご存知だったのですね」

「やはりというのは？」

「そんな素振りでしたので……。うちの亭主が太助を苛めているということは全くもってありません」

「わかっていますよ」

「それならよかったです。失礼致しました」

「与四郎さんはその噂を知っているのですか」

「多分知っているとは思いますが……」

「話はしていないと？」

「ええ」

「後々、面倒なことになるといけません。話し合った方がいいかもしれません」

又右衛門が促すと、

「そうですよね。ありがとうございます。そう致します」

小里は礼を言ってから、踵を返して、小走りに帰って行った。

暗闇に消える後ろ姿を見ながら、思わず心が温かくなった。

変な噂を流された与四郎を哀れだと思うよりも、よく気が利く女房を持って幸せだと思う気持ちの方が強かった。

二

八つ半（午後三時）過ぎ、与四郎は得意先から『足柄屋』に戻った。今朝、太助が帰ってきて、二階の部屋で休んでいる。

　さっき、近所で自分の悪口を言っているのが聞こえてきた。それだけならまだしも、女房の小里のことまで悪く言われているのが我慢ならなかった。かといって、悪口を言っているものに、むきになって言い返しても、かえって世間の目が厳しくなるのはわかっていた。悔しいが、耐えるしかないと自分に言い聞かせていた。

『足柄屋』の前で暖簾（のれん）の隙間（すきま）から店内を覗（のぞ）いてみたが、客はいなかった。商品を整理している小里の姿が見えた。

　苦労をかけて申し訳ない気持ちで、暖簾をくぐった。

　小里は振り向いて、

「あら、早かったのですね」

と、いつもと変わらない笑顔で返す。

「ああ」

　与四郎は何もうまいことが言えずに、履物を脱いで店に上がった。

「どうしたのですか」

　小里が心配そうにきく。

「いや、何でもない」

　与四郎は小里を見ずに答えた。

「何か変ですよ」

「そんなことない」

「いつもだったら、留守の間に客が来たかどうかきくのに……」

「どうせ来ていないだろう」

「何があったんですか」

「客足が遠のいているから少し塞いでいるだけだ」

「そうですか……」

小里は何か付け加えたそうな、はっきりとしない声の調子であった。

与四郎は小里に目を遣る。小里の様子もいつもと違っていた。

「お前こそ、どうしたんだ」

今度は与四郎がきく。

小里は少し間を置いてから、

「さっき、お静さんがお見えになったんです」

「『鶴岡屋』のお内儀さんのか」

「ええ、そうです」

「また何か買いに？」

「いえ、例の噂のことで」

「そうか」

与四郎は顔をしかめた。

「どうしてあんな噂が」

小里は複雑な目で与四郎を見る。

「私が太助を苛めるはずないのに」

与四郎の声は自然と小さくなっていた。

「そうですとも」

小里は重たく頷いた。

「先日、駿河町のご隠居からも聞いた。そのせいで、うちの客足が遠のいているんだろう」

「恐らくそうでしょうと、お静さんは……」

「すまない」

与四郎は頭を下げた。

「どうして、お前さんが謝るのですか」

「私の日頃の行いが良ければ、こんなことには……」

「そんなことはありません。お前さんをよく知っている方は、根も葉もないことだと思うはずです」

「『日本橋屋』の旦那も信じてくれた」

「それに、『鶴岡屋』の旦那も、お静さんだって、お前さんがそんなことをしないだろうって信じていますよ」

「有難いな」

「お前さんの人柄ですよ」

「だが、噂を真に受ける者の方が多い」

「でも、お前さんを信じてくれる人たちがいるってことだけでも力強いではありませんか」

「そうだな」

与四郎は思わず目頭が熱くなりながらも頷いた。

小里はさらに続けた。

「きっと、お客さまは戻ってきます。だから、そんな顔をしないで、気丈に振る舞って下さい。自信があって頼もしいことがお前さんの取り柄なのですから」

「ありがとう。ほんとうに……」

与四郎の声が微かに震えた。

「さあ、仕事に戻りますよ」

小里は笑って、再び商品の陳列を始めた。

好い女房を娶ったとしみじみ感じた。


それから、二日が経った。太助の傷も引いてきて、医者からはもうそろそろ店に立てるのではないかと言われた。

しかし、無理をさせたくないと思い、太助にはまだ休むように伝えてある。

太助はお絹の様子が気になっているようであった。

与四郎は何度も『丸醬』には謝りに行ったが門前払いであった。番頭はそれでも与四郎に気を遣い優しい言葉をかけてくれた。お絹のことを聞いてみたが、まだ外出禁止は解けていないとのことであった。

このことをそのまま太助に伝えると、太助はお絹を気の毒に思うのは必然である。

「今度、この文だけでもお絹ちゃんに届けてください」と頼まれてはいたが、番頭に丁重に断られた。太助の気持ちは痛いほどわかるが、もし旦那に知られれば自分の立場が危ないとのことであった。そこまで言われては、与四郎も強くは言えなかった。

そして、客は相変わらず少ないままであった。

暮れ六つ過ぎに店を閉めて、一日の売り上げを見て、与四郎はため息をついた。そのうちに客は戻ってきてくれると言っていたが、この状態が続けば、一月後には店を畳むしか他にない。

帳場で両肘（りょうひじ）をついて、肩を落としていると、

「お前さん、そんなに気を落とさないでください。明日があります」

小里は与四郎の横で励ましてくれた。

「そう言って、もう十日も経っている。これからの暮らしが……」

続けようとすると、小里は与四郎の唇に人差し指をそっと置いた。

「そんなこといいんです。お前さんとだったら、苦労も嫌ではないと思ったからこそ、一緒になったのです」

「だが、店を潰（つぶ）して、喰（く）うものに困ればどうする」

「裏長屋に移り住んでも構いません。私が内職でもしますよ」

「そんなことをしてみろ、世間に笑われる」

与四郎は首を横に振った。

「言いたい人には言わせておけばいいじゃないですか。お前さんは絶対に成功する人

です。私の目に狂いはないと信じています。だから、一時の苦労は何とも思いません」

小里はいつになく力強い口調で言った。

「そうか、ありがとうよ」

与四郎は軽く頭を下げた。

「それに、商売の仕方を変えたらいいのではありませんか」

小里がふと思いついたように言った。

「商売の仕方を変える？」

与四郎はきき返す。

「店を構えていてもお客さまが来ないのであれば、自らの足で売り歩けばいいではありませんか」

「なるほど。この辺りでなければ、『足柄屋』のことを知らないだろうし、噂もないに等しいもの……」

「そうですよ。こんな様子ですけど、一日に何人かはお客さまが見えるので、私が店番はします。そうすれば、もしかしたら、今まで以上に商品が売れるかもしれませんよ」

　小里の声が弾んでいた。

　そんなにうまくいくだろうかと思うが、それしか他に方法はない。

「よし、やってみるか」

　与四郎にやる気が湧いて来た。

　小里は与四郎を見て、にこりと笑う。

「なんだ？」

「いえ、久しぶりにお前さんの力強い顔が見られて嬉しいんです」

　小里の目は輝いていた。

「そうとなれば、今からさっそく」

　与四郎は立ち上がった。

「夜に小間物を買ってくれるお客さまがどこにいますか。それに、夜に商品を持って方々を回っては危ないですよ。明日の朝からにしてください」

　小里はおかしそうに笑った。

　与四郎は真面目に言ったのだが、小里の笑顔を見て、つい頬が緩んだ。

　翌日の明け六つ頃、与四郎はまずは手ごろな価格で、選りすぐりの小間物を背負って『足柄屋』を出た。どこへ向かうというわけではないが、初めは日本橋の方に足を向けて歩き、それから芝へ向かった。

「小間物、小間物でございい。櫛に簪、白粉に紅、財布に莨入れ……」などと商家を中心に声を掛けて回った。

　思った以上の売れ行きで、昼には、白粉と口紅はもう残っていなかった。そして、八つ半過ぎ、芝神明町の呉服屋のお内儀さんが京で仕入れた三両の財布を買ってくれたので背負った商品は全て売り切れた。

　ずっと、うだうだ店で客を待っていないで、こうやって売り回ったらよかったと思うと同時に、ずっと休まずに売り回っていたので、急に腹が減ってきた。

　出がけに、小里が具のない塩だけの握り飯を持たせてくれたので、それを食べようと、近くに腰を掛けられるところを探していると、小径を入ったところに木々に囲まれた小さな稲荷が見えた。与四郎は鳥居をくぐり、賽銭箱に一分を喜捨して拝んだ。

　ふと、江戸に出てきた時に、地蔵堂から二朱を取ったことが蘇った。あのお地蔵さまのおかげで今の自分がいる。たとえ、どんなことがあっても、人生は悪いようにはならない。必ず、道が残されているはずだ。

　与四郎はしみじみ感じながら、稲荷の端にある木の切り株に腰をかけて、塩辛い握り飯の味を嚙みしめていた。

その時、見すぼらしい格好をした五十近い男が鳥居をくぐって境内に入って来た。与四郎のことは気づかないらしく、稲荷に喜捨して、鈴を鳴らした。それから長いこと拝んでいた。

与四郎は男の拝む姿につい見入ってしまった。

着ているものこそ良いものではないものの、立ち姿にはどこか威厳があった。

男が帰ろうとすると、与四郎は近寄って声を掛けた。

「あの、少々よろしいですか」

「えっ」

男は振り返り、目を細めて見渡した。与四郎に気づいたようで、

「すみません、よく見えなかったものでして」

と、頭を下げた。

「いえ、こちらこそ急に申し訳ございません。特に何というわけではないのですが、長い間拝んでいたので気になって声を掛けた次第でございます」

「ああ、そのことですか」

「一体、何を拝んでいたのですか」

「娘の仕合わせを」

「娘さんに何か」

「先日空き巣に入られて金を盗まれました。その金というのは、今年十九になる娘のためにコツコツ嫁入りの資金を貯めていたものです」

男はそう言うと、涙ぐんだ。

「すみません。そんな事情だとは知らずに」

与四郎は謝った。

「いえ、いいんです。私がどこか抜けているんでしょうね。二度も盗まれるなんて」

「二度も？　何があったんですか」

男は悔いるように言った。

「私は昔、品川の方で商売をしておりまして、押し込みが入って全財産の五百両を盗られてしまったんです。それから、このような貧しい暮らしをしているわけなんですが」

「世の中、悪い奴らがはびこっているのがいけないんです。決して、あなたのせいではありませんよ」

与四郎は憤りを感じながら、励ました。

「ありがとうございます」

「あなたは毎日、この時刻にここに来ているのですか」

「ええ、そうですが……」

「すみません、お邪魔してしまって」

「いえ」

与四郎はこの男のことを気に掛けながらも、去って行った。

三

翌日の朝のことであった。鶴岡屋又右衛門は浅草今戸町に住む顔役の千恵蔵という男に会いに行った。

千恵蔵は元々岡っ引きをしていた男で、数年前に怪我をきっかけに引退した。それからも千恵蔵を慕う者は多く、何かあればこの男の元へ行く。

又右衛門は二月前に今戸町のやくざ者にいちゃもんを付けられて、毎日のように店に迷惑をかけに来られて、困っていたことがあった。その時に、千恵蔵を頼った。迅速に動いてくれて、次の日にはその男は来なくなった。

今戸神社の裏手にある表長屋が、千恵蔵の住まいであった。ここで、子どもたち相手に寺子屋を開いている。

寺子屋の近くになると、「子曰く……」と論語を皆で音読する声が聞こえた。四半刻くらい、論語を教えると、「今日はここまで」と千恵蔵が言い、子どもたちは寺子屋から出て行った。表まで子どもたちを見送りに出ていた。

又右衛門は、五十過ぎの白髪交じりで体格の良い、目鼻立ちの整った千恵蔵と目が合った。

互いに頭を下げ、歩み寄った。

「先日は本当にありがとうございました」

又右衛門は礼を言った。

「いいえ。あの迷惑をかけていた奴がいまうちで働いている」

「えっ、親分の元で?」

つい、昔の癖で親分と呼んでしまう。千恵蔵もそう呼ばれることの方が慣れているようで、未だに先生と呼ばれると違和感を覚えると言っていた。

「根は悪い奴じゃねえ。金に困って、又右衛門さんなら人がよさそうだと思って、いちゃもんをつけていたそうだ。そうだ、改めて謝りに行かせればよかったな」

「そんなことはいいんです」

「いま掃除をしていると思うので、呼んでくる」

「いいえ、お気になさらず」

「あいつも謝りたいと思うから。まあ、上がってくれ」

又右衛門は千恵蔵の後に続いた。

ふたりは上り框にあがり、廊下を進んだ中庭に面した八畳間に入った。

部屋の中では、若い男が棚の埃を払っていた。以前の尖った目つきとは違い、随分と穏やかな表情になっている。

「長吉、旦那を覚えているだろう」

「ええ、もちろんでございます」

長吉は頷いてから、

「『鶴岡屋』の旦那、ご無沙汰しております。あの節は本当に申し訳ございませんでした」

と、又右衛門に頭を下げた。

「驚いたもんだ。こんなに変わってしまうものとは」

又右衛門は、思わず声を漏らした。

「俺は長年、岡っ引きをやってきたが、人っていうものはどこかで改心すれば変われるものだ。根っからの悪人ってえのは、そうそういねえ」

千恵蔵が言い切った。

数言話した後、長吉は恥ずかしそうに頭を下げて、部屋を出て行く。

又右衛門と千恵蔵は向かい合って座った。

千恵蔵は火鉢を手繰り寄せ、腰の莨入れの筒から煙管を取り出した。刻み莨を取り出し、慣れた手つきで詰める。

火鉢で莨に火を点けると、美味しそうに煙を吐いた。

ふた口吸うと、

「何か困ったことでも？」

千恵蔵が灰吹きに燃え殻を落としてきいた。

「私のことではないのですが、佐賀町に『足柄屋』という小間物屋がありまして」

さっそく切り出すと、千恵蔵の目つきが厳しくなった。

「『足柄屋』に何か？」

心配するようにきく。

「ええ、永代寺門前町の『丸醤』という醤油問屋の旦那から嫌がらせを受けていて、商いにかなりの差支えが出ているんです」

又右衛門が説明すると、千恵蔵は相槌（あいづち）を打ちながら聞いていた。それから、元を辿（たど）れば『足柄屋』の小僧の太助と、『丸醤』のひとり娘のお絹がいい仲であって、深川祭りに行ったときに、お絹が輩（やから）に絡まれたのを追い返そうとして、痛い目に遭わされたことを伝えた。

『丸醤』の旦那はお絹が太助といい仲であるのを知って怒り、太助とその雇い主である与四郎を恨んでいること、そして与四郎が太助を苛めているという根も葉もない噂が流されたことを話した。

「丸醤がずいぶんと生意気な」

千恵蔵は憤りを感じる声で小さく呟（つぶや）いた。

「私も色々と噂を信じている者たちには誤解を解いていっているんです。でも、一度広まった噂を収まらせるのは難しくて……」

又右衛門はため息をつきたい心持ちで言った。

「そりゃあ、そうだ。よし、そういうことなら俺が買って出る」

千恵蔵が意気込んだ。

煙管を莨入れに仕舞うと、

「とりあえず、丸醤と話してみる。もしも、応じねえ場合には、痛めつけるから安心しな」

千恵蔵の目が血走っていた。

いつもであれば、痛めつけるなど物騒なことは滅多に口にしない。誰かが殺された、かどわかされたなどという大きなことならまだしも、このような細々としたことに、ここまで親身になって怒りを覚えてくれることに、さすが千恵蔵親分だと思うと同時に、何か因縁があるのではないかという思いが過った。

「親分……」

又右衛門は話しかけたが、

「なんだ」

と、どこか遠い目をしながら答える千恵蔵に、

「いえ、何でもありません。よろしくお願いします」

又右衛門はききたいことを置いておいて、頭を下げた。

「それで、話っていうのはそれだけなのか」

千恵蔵が改まった声できく。

「ええ、そうですが……」

「他にも何かあると思った」

「えっ？　そうですか？」

「すごく思いつめた顔をしていたからな」

「『足柄屋』の与四郎さんのことは私にとっても大事ですから」

「それもそうだろうが、もっと自分のことで困っていると感じたんだ」

「自分の事で……」

又右衛門は本来、与四郎のことで来たが、そう言われると急に脳裏にしつこく脅してくる秀次郎の姿が浮かんだ。

「そうじゃねえのか」

千恵蔵が促すようにきく。

「いえ、私は大丈夫です」

又右衛門は平然と答えようとするが、千恵蔵はまだ気にかけているようであった。

「まあ、丸醤には俺が話をつけるから、お前さんは噂を信じている者がいたら、ひとつずつ訂正してくれると早く解決できるかもしれねえ」

千恵蔵は言った。

「かしこまりました」

又右衛門は寺子屋を辞去した。

その帰り道。両国橋(りょうごくばし)を渡って少し歩いた時、

「おや、旦那」

横から突然、厭味(いやみ)ったらしい声がかかる。顔を見るまでもなく、秀次郎であった。

「こんなところで話し掛けるな」

又右衛門は小声で注意した。周囲の目が気になって仕方なく、早足で歩いた。

「駄目なんですかい」

秀次郎も付いて来ながら、惚(とぼ)けたように言う。

「もう金は遣(や)れんぞ」

「え？　金はやれないだって？」

「この前、約束しただろう」

「この前っていうと？」

「半月くらい前にお前さんとどじょう屋で話しただろう」

「覚えてねえな」

「なに？」

「まあ、いいじゃねえか。これで最後にするからよ」

「信じられん」

「信じる信じないはどっちでもいいが、お前の評判を落とすことになるぜ。今だって、随分と他人のために汗水垂らしているみてえだな。『足柄屋』って旦那のためにな」

秀次郎は意味を含んだ言い方をした。

「お前に関係ないことだ」

「そんな他人のために働いているんだったら、俺のためにも少しくらい力になってくれてもいいだろう。昔からの馴染(なじ)みなんだからよ」

秀次郎が肩を組もうとした。

又右衛門は咄嗟に手を払いのける。すると、喉元(のどもと)に先が鋭く尖った匕首(あいくち)が突きつけられた。

「おい、刃向かわねえほうがいいぜ」

秀次郎はそう言うと、すぐに匕首をどかす。

又右衛門は少し乱れた襟元を直すと、

「『足柄屋』の旦那をかばうのには、何か訳があるんじゃねえか」

秀次郎が鋭い目つきになった。

「訳なんかない」

又右衛門は目を見ずに答える。

「お前はわかりやすい。その顔は当たりだな」

秀次郎が決めつける。

「……」

又右衛門は答えずに、睨みつけた。

「ちょっと聞いただけだと、『足柄屋』の与四郎ってえのは、店の名の通り、足柄の出だそうだな。お前さんは江戸に来る前、確か東海道で追剝をやっていたな」

「えっ……」

どうして、そのことを知っているのかわからない。倉賀野から東海道に逃れてきたことは誰も知らないはずだ。もしも、秀次郎に居場所を知られるといけないと思い、東海道では誰とも親しくすることはなかった。

「俺がそのことを知っているのが、恐ろしいんだろう？」

秀次郎は見越したように、余裕の表情で言う。

「なんのことだ」

又右衛門は惚けたが、秀次郎はにたりと笑う。

「なんのことだって、言いなさんな。弥吉っていう男を知っているな」

秀次郎がさらに言う。

ぎくりとした。

あの弥吉のことを指しているのか。

「知らない」

又右衛門は再び惚けた。

「知らないじゃ、済まされねえだろう」

秀次郎の後ろを棒手振りが通り過ぎる。

それを見送ると、

「殺しておいてよ」

と、重たい声で言った。

「誰がそんな出鱈目なことを？」

又右衛門は思わず訊ねた。

「風の便りだ」

そんなはずはない。誰か自分の過去を知っているものがいるのだ。急に背中に冷や汗が流れた。

「とにかく、俺の用件ってえのは、五百両ばかしくれねえかってことだ」

「五百両も？」

「ああ、安いものだろう？」

「……」

又右衛門は何も答えられなかった。

「明日の夕方、お宅に行くからよ」

秀次郎が去ろうとした。

「待て、他のところにしてくれないか」

「そうか。ちゃんと五百両払うんだったらいいぞ」

「五百両は大金だ」

「おいおい、お前さんが昔やらかした悪行に比べたら安いだろう。それに、今じゃ随分儲けているから、すぐに商売で取り返せる」

それからは何を言っても聞く耳を持たず、町中に消えて行った。

四

元岡っ引きの千恵蔵は、永代寺門前町を闊歩していた。昔からの馴染みの町役人や、自身番の番人が通りすがりに丁寧に頭を下げて挨拶をする。

強い憤りを感じながら、千恵蔵は『丸醤』の暖簾をくぐった。

相変わらず、店の者たちが忙しそうに働いている。

帳場で額の広い番頭が帳面をつけていて、声をかけるとすぐに飛んで来た。

「親分、どうなされたのですか」

番頭は下唇を軽く嚙みながら、不安そうにきいた。

「もう覚えがあるんだろう」

千恵蔵が言い付ける。

「『足柄屋』のことで？」

番頭は小さな声できいた。

「そうだ。旦那に会わせてくれ」

千恵蔵は言った。

「奥に居ます。でも……」

番頭は何か言おうとしたが、千恵蔵は構わず履物を脱いで上がった。それから、奥に進んだ。

後ろから番頭も付いてくる。

「どこの部屋だ」

千恵蔵はぶっきら棒にきいた。だんだんと怒りも強まっていく。

「一番奥です。でも、今他のお客さまがいらっしゃっているかもしれませんので」

「……」

千恵蔵は答えずに、一番奥の部屋まで進んだ。

襖に手をかけて開けようとすると、

「旦那さま、失礼します」

横から番頭が声をかける。

「ん？」

部屋の中から拍子抜けした声が聞こえると共に、千恵蔵は襖を開けた。

柄の悪そうな三十くらいの男が一緒にいた。たしか、猿江町のやくざの男だ。

目の前には小判を包んでいそうな袱紗が置いてあった。

旦那も目を剝いて驚いていたが、柄の悪そうな男も唖然としている。

「なにか妙なことを企んでいたんだな」

千恵蔵は言い放つ。

「そんなもんじゃありませんぜ」

やくざ者は袱紗包みを懐に仕舞って、そそくさと部屋を出て行った。

旦那は番頭に、「なんで勝手に入れたんだ」というような目をして怒っている。

「丸醬さんよ」

千恵蔵は低い声で呼びかけた。

「はい」

旦那は目を少し逸らして返事をした。

「あのやくざ者のことは俺のしったこっちゃねえが、『足柄屋』のことで根も葉もない噂を流すのはやめろ」

「えっ？」

「惚けたって無駄だ！」

千恵蔵は声を荒らげた。

旦那は何か言おうとしていたが、言葉を失ったようであった。

「お言葉ですが、親分」

旦那が口を挟んだ。

「なんだ」

「私が足柄屋に何かしたというのは誰が言っていたので？」

「ただの噂だ」

「でも、親分はどうして足柄屋は小僧を苛めていないなんて思うんですか。誰かがそそのかしたんじゃないですか。とりわけ、鶴岡屋あたりが」

旦那は妙に落ち着き払って言う。

「違う」

千恵蔵は即座に否定した。

「私もただ疑われるのは嫌ですからね。もし、誰か文句がある者がいれば、その者と直接話をしないとなりません」

「しつこいな。誰に頼まれたというわけではないんだ」

「では、どうして親分は足柄屋のことを信用なさるんです」

「……」

千恵蔵は少し躊躇（ためら）った。

「いくら親分でも、これは認められませんよ」

旦那が責める。

「与四郎のことは俺がよく知っている」

「よく知っているって？　たまに話す程度のことではないんですか」

「いや」

「どうも、怪しいですな」

旦那は嫌味っぽく言った。

「そこまで言うなら教えてやる。あいつは俺の義理ある方の息子なんだ。だから、下手に手を出さねえほうがいい」

千恵蔵は睨みつけた。

旦那は真意を見定めるような目つきになったが、それ以上深くきいてくることはなかった。

「まだ嫌がらせが続くようだったら、只じゃおかねえぞ」

千恵蔵はそう言い放って、部屋を出て行った。


その日の夜、千恵蔵は駒形にある蕎麦屋でひとり呑んでいた。ここは昔から使っている店で、よく岡っ引きをしていた時に同じ定町廻り同心の下で働いていた他の岡っ引きや、自分の手下とも来ていた。

今日もしばらく呑んでいると、千恵蔵が現役の時に手下だった新太郎という四十男がひとりで店に入って来た。いまはこの男は鳥越神社の近くに居を構える岡っ引きだ。

それで、周囲からは『鳥越の親分』とか、もっと略して、『鳥親分』とか呼ばれている。

新太郎は店主に挨拶をすると、千恵蔵に近寄って来た。

「親分、ご無沙汰しております」

丁寧に頭を下げてから、隣に腰をかけた。女中が徳利と猪口を持って来た。

「随分と活躍しているようだな」

千恵蔵が片手で酌をしながら言った。

「おかげさまで」

「忙しいか」

「殺しがふたつも重なっちまったんで、バタバタしておりましたが、もう解決できたんでこれから落ち着くと思います。帰る前に一杯呑もうと思いまして」

新太郎がぐいと呑み干す。今度は自分で注いで、再び呑んだ。

「でも、お前さんも立派になったな」

千恵蔵は昔のことを思い出し、しみじみと呟いた。

「これも全て親分のお陰ですよ」

新太郎はにこやかに言ってから、

「それに、おかみさんも」

と、付け加えた。

千恵蔵は、おかみさんという言葉を聞くと何も話せなくなる。

「まだ引きずっているんですか」

新太郎が顔を覗き込むようにきいた。

「もう死んでから五年になるんだ。引きずってはいねえが……」

「後悔していることが？」

「まあな」

千恵蔵が猪口を口元に持っていきながら、ゆっくりと頷いた。千恵蔵の女房は五年前に他界したが、仕事ばかりで家庭を顧みなかったせいで、半ば自分のせいで死んだと思っている。

ある殺しの下手人が捕まり、そのまま家に帰ればよかったものの、上野(うえの)まで呑みに行った。もし、あの時にそのまま帰っていれば女房は今でも元気にしていたかもしれない。

「寿命だったと思うしかないじゃありませんか」

新太郎は励ますように言う。

「それはそうだが、もし寿命だとわかっていれば、生前にもっと優しくしてやればよかった。外で女なんか作らなきゃよかった。子どもまで作っちまって」

千恵蔵は、ぽつりと呟いた。

「そんなことを言ったら、娘さんが悲しみますよ」

「別に娘は俺が父親だってことを知らねえ。ただの岡っ引きとしか思っていねえんだ」

「そうですかね」

新太郎が軽く首を傾げる。

「ああ、知りようがねえものな」

「娘さんの母親から聞いたかもしれないじゃありませんか」

「いや、あいつは俺が父親だとは絶対に言わないと約束をした。約束を違(たが)えるような女じゃねえ」

千恵蔵は力強く答えた。

自分にとっては、娘などいないのだ。

そう思い込んでいるが、ふとした時にその女のことがよく脳裏を過る。

「あの『足柄屋』のお内儀さんが、親分の娘さんですよね」

新太郎が改まった声できいた。

「そうだ」

千恵蔵は心もとない声で頷いた。

「さっき、聞きましたよ。『丸醬』に怒鳴り込みに行ったたって。なにやら、丸醬が足柄屋の悪口を言っているようで」

「……」

「親分は娘さんが心配で仕方ないんでしょう」

新太郎がわかりきったように言うので、

「馬鹿言うな」

と、軽く言い返した。

それから、話題を変えた。ふたりは昔話に花を咲かせた。

五

翌日の明け六つ、与四郎はいつものように小間物を背負って佐賀町の『足柄屋』を出た。芝の方面から品川の方へ行き、その後は四谷や赤坂、日本橋に寄りながら深川へ帰って来た。

暮れ六つの鐘はとうに鳴り終わった後であった。今日は高価な品物以外は全て売れた。まだ荷を担いで商売に出てから日は浅いが、だいぶ感触を摑(つか)めてきた。

売上は減ってしまうが、この調子ならば小里と、小僧の太助を食べさせていけそうであった。

店の間へ行くと、小里が嬉しそうな顔で帳面をつけていた。

「なにかあったのか」

与四郎がきくと、

「今日は前みたいにお客さまが戻って来たんです」

「なに、戻ってきただと？」

「どういう風の吹き回しなのでしょう」

「新規のお客さまか」

「いえ、通ってくださった方たちです」

「どういうことだ」

与四郎は腕を組んで考えた。ようやく、世間にもあの噂が根も葉もないことだという風にわかったのだろうか。

それから、数日が経っても、以前のように客足が戻っていた。与四郎は変わらず荷を担いで商売に回った。

店仕舞いをしてから、与四郎、小里、そして仕事に復帰した太助は車座になって話し合った。

夫婦はいい意味で狐につままれた感じであったが、

「あの、私が聞いたところによると、『鶴岡屋』の旦那さまが随分と誤解を解くのに尽くしてくれたようです」

太助が言った。

「又右衛門さんが……」

やはり、そういうことであったか、と与四郎は納得した。何もしないのに、世間の風向きが変わるなんていうことがあるはずないと思っていた。

「又右衛門さんにお礼に行かなければ」

与四郎はさっそく行こうとしたが、

「お前さん」

小里が呼び止めた。

「なんだ」

「私が代わりに行って来ます」

「いや、私が行かなければだめだ」

「だって、今日もずっと江戸市内をずっと歩き回って来たわけではありませんか」

「まあ、そうだが」

「お礼だったら、私だって出来ますよ。帰りにお酒を買ってきますから、太助と一緒に湯にでも行ってきたらどうですか」

小里が促した。

「そうか？ お前がそこまで言ってくれるなら」

与四郎は又右衛門の優しさもさることながら、小里の気の利きようにもつくづく感心するやら、有難いやら、色々な感情が渦巻いていた。

三人は一緒に家を出て、与四郎と太助は近くの湯屋(ゆや)へ、小里は『鶴岡屋』へ向かった。

小里は『鶴岡屋』の勝手口を入り、

「すみません、『足柄屋』でございます」

と、高く通る声を出した。

奥から『鶴岡屋』の内儀、静が出てきた。

「あら、小里さん」

驚くように声を上げる。

「あの、又右衛門さんにお礼を申し上げに参りました」

「お礼？」

「うちの主人の悪い噂を又右衛門さんに止めて頂きましたので」

「そんなの当たり前のことですよ。与四郎さんは何も悪くないですもの」

「でも、そんな噂を信じられるということは日頃から落ち度があるのだと思います」

小里は自分のことのように反省する。

そんな話をしていると、又右衛門が現れた。

小里は軽く頭を下げる。

「お前さん、『足柄屋』のお内儀さんがお礼に来てくれましたよ」

「お礼？」

又右衛門が首を傾げる。

「ほら、あの噂のことですって」

静が言う。

「ああ、そのことですか。いえ、私のお陰というよりかは、千恵蔵親分が……」

「千恵蔵親分っていうと、あの今戸の？」

「そうです」

又右衛門が頷いた。

小里も何度か会ったことがある。一度目は佐賀町で盗みがあった時に、探索で来ていて話を聞かれた。それから、何かと物騒だからと見廻りの度に声を掛けてくれるようになった。

だが、与四郎は千恵蔵のことをあまり快く思っていないようであった。嫌いというのではないだろうが、何か訳があって来ているに違いないと決め込んでいた。その訳をきいても、答えてはくれないが、他人に対して悪い感情を露わにしない与四郎には珍しいことである。

「どうして、千恵蔵親分が？」

小里はきいた。

「実は私が頼みに行ったんです。私の力だけでは、噂を抑えきれませんから。一番手っ取り早いのは、丸醤と話をつけることだと言って。まるで、我がことのように勇んで行ってくれました」

又右衛門が説明した。

どうして、そこまでしてくれるのだろうと不思議に思った。


その翌日、明け六つに与四郎はいつものように小間物を担いで商売に出た。店は小里と太助に任せられている。

五つ（午前八時）を過ぎた頃に、「ちょっと出かけてくるけど、留守番を頼んでもいいかしら」と、小里は太助にきいた。

「ええ、大丈夫ですよ」

「なら、頼みましたよ」

「どちらへ行くんですか」

「ちょっと、今戸の方にね……」

小里が少し戸惑いながら言うと、

「もしかして、親分のところですか」

太助は何の気もなさそうにきいた。

小里は嘘がつけずに頷いた。

「でも、このことをうちの人に言わないで」

「もちろんです。旦那さまはあの親分が嫌いみたいですから」

太助がにやけて言う。

「嫌いなんかじゃないと思うけど……」

小里は首を傾げる。

「いえ、あの親分、お内儀さんのことが好きなんじゃないですか」

「それはないでしょう」

「そうだと思いますよ。『丸醬』の旦那も、だから私のことを嫌いなんです」

太助はいじけたように言う。

「まだ会えないの」

「毎日、仕事が終わってから『丸醬』に行くんですけど、あの旦那が会わせてくれないんです」

「意地悪な旦那ねえ」

小里がため息をつく。

「でも、番頭さんはすごくいい方なので、私とお絹ちゃんのことを応援すると言ってくれて、旦那を何とか説得するとまで言ってくれたんです」

「へえ、番頭さんがね」

「旦那さまも言っていますが、あの番頭さんは少し鼻につくところがありますが、すごく優しい方なんです」

「そんな言い方をするもんじゃありませんよ」

　小里が軽く注意すると、

「はい」

　太助がしょんぼりと返事した。

「じゃあ、ちょっと行ってきますから」

　小里は店を出ると、歩いて今戸に向かった。草は枯れはじめ木は葉を落とし、陽射(ひざ)しがあるものの肌寒かった。

　途中で駕籠(かご)かきに、「『足柄屋』のお内儀さん、乗って行きませんか」と誘われたが、

「すまないねえ。近場だから遠慮するよ」と断った。つい、この間まではあの噂が尾を引いていたのか、駕籠かきさえも声を掛けてこなかった。

「いえ、今日は代金はいりませんよ」

「要らない？　何を企んでいるのですか」

「別に何にも。ただ、乗ってもらいたいだけなんです」

「そしたら、商売あがったりじゃないの」

小里が指摘すると、

「いえ、ちょっと申し訳ねえことをしちまったんで」

駕籠かきはこめかみ辺りを掻きながら、首をすくめた。

「別に気にしていないので」

そのまま過ぎ去ろうとしたが、

「お願いです。乗って行ってください。あっしの気が済みませんから」

駕籠かきが半ば強引に駕籠に乗せた。

「で、どちらへ向かえば？」

「今戸神社の裏手あたりで」

「今戸神社ですね。裏手というと、何がありましたっけ」

「千恵蔵親分のところよ」

「ああ、親分の。へい、承知しました」

駕籠かきはいつもより早く行った。駕籠の中から流れる大川を見て、小里はまだ幼い頃の記憶に思いを馳せていた。

第三章　疑惑

一

今戸神社の裏手にある大通りに面した一角に、小里は入って行った。元々、静かな一帯であるが、それにもまして千恵蔵の家はひっそりとしていた。やや広い間口の土間に入っても、特に何があるというわけではない。

「親分さん」

小里は呼んだ。

すぐに、奥の突き当たりの部屋から、粋な着流し姿の千恵蔵が背筋を伸ばして出てきた。

「あっ、小里さんじゃないか」

千恵蔵は和やかな顔で、近寄って来た。

「親分、本当にありがとうございました。親分さんのおかげで、うちのひとの変な噂も消え、客足が戻って参りました」

小里は、しっかりと頭を下げた。

「俺は大したことをしていねえ」

「いえ、『丸醬』の旦那と話し合ってくれたと聞きました」

「まあ、それだけだ」

「そのお陰です」

小里はもう一度頭を下げた。

「まあ、客足が戻って何よりだ。せっかく来たんだし、茶でも飲んでいくか」

千恵蔵が誘った。

「そうしたいのは山々ですが、店を小僧だけに任せているので早く帰らなければと思いまして」

「そうか。お前さんは頑張っているな」

千恵蔵は親しみを込めて褒めた。

小里はひと呼吸おいてから、

「親分はどうして、そんなに親切にしてくださるのですか」

と、訊ねた。

「そりゃあ、困っている者がいれば、当然のことだろう」

「でも、私たち夫婦にはずいぶん親切にしてくださるなと思いまして」

「そうか？」

「ええ、変な客に絡まれている時、遠いのにわざわざ顔を出してくださいますし、色々なお客さまをご紹介いただいたりと……」

「それはそのだな……」

千恵蔵は少し間を空けてから、

「お前さんのおっかさんに昔世話になったことがあるからだ」

と、言った。

「え、私の？」

小里は思わずきき返した。

「どんなことが？」

「向こうも覚えていないくらいのことだろうが、俺にとっては大事なことだったんだ」

千恵蔵は、はっきりとは答えなかった。

小里も深くはきかなかった。

「それより、与四郎はどうだ」

「ええ、変な噂が流れたせいで、お客さまが来なくなったのですが、その時に品物を担いで売り歩くようになりまして。親分のお陰で客足が戻りましたが、それでもまだ朝から売り歩いています」

「相変わらず働き者だな」

千恵蔵は感心するように呟く。

「あの、そろそろ失礼致します」

「引き留めて悪かった。何か困ったことがあれば、いつでも言ってくれ」

「ありがとうございます」

小里は最後に深く頭を下げてから、家を後にした。

外に出ると、駕籠かきたちがまだ待っていた。

「なんです、帰らなかったのですか」

「ええ、お待ちしていました」

「いつになるかわからないじゃないですか」

「でも、すぐに終わると仰っていましたので。さあ、乗ってください」

まだあの噂を信じて、無視していたことを悔いているのだろうか。

「歩いて帰れますのに」

小里は遠慮したが、

「いいえ、せっかく待っていたんですから。どうせ、この辺りで商売するより、また深川に戻った方があっしはやりやすいんで。さあ、さあ」

小里は少し戸惑いながらも、促されて駕籠に乗り込んだ。

「『足柄屋』に戻るんでよろしいですか」

「ええ、そうしてください」

「へい」

駕籠が持ち上がって、走り出した。

「さっき、声が外まで聞こえてきちまったんですけど、千恵蔵親分が『丸醤』の旦那に会って、噂を打ち消してくれたんですね」

先棒が言う。

「ええ、そうですよ。どうして、そんなことを？」

小里は簾越し（すだれ）に大川を眺めて答える。

「いいえ、ちょっと気になったんで」

「あまり聞き耳を立てられると気持ちのいいものじゃありません。仮に聞こえたとしても、聞こえなかった振りをしなきゃ」

小里はぴしゃりと言った。

「すみません」

それから、話しかけてはこなかった。

両国橋を渡り、佐賀町へ戻る。

『足柄屋』の前で降り、「帰りの分は払いますから」と懐の財布から小粒を少し多めに取り出して、駕籠かきふたりに渡した。

「これじゃあ、行きの分も含まれていますよ」

先棒が遠慮する。

「ただで乗るってわけにもいきませんからね」

「でも、お内儀さんには迷惑かけちまいましたし」

「迷惑ってほどでもないけど。ただ、あなたたちもあんな噂があったから、声をかけたくなかったのでしょう」

小里が指摘すると、先棒は下を向き、

「いえ……」

後棒が口ごもった。

「何か他にもあるのですか」

小里が鋭い目つきできいた。

「本当に申し訳ないのですが、あっしらもつい噂を流すのに一役を買っちまって」

問い詰められた後棒が、うろたえながら答える。

先棒は眉間を指で押さえながら、

「お前が言うと話がややこしくなるから。黙ってろい」

と、注意する。

後棒は肩をすくめた。

「一体、どういうことです？」

小里はふたりを交互に見てきいた。

先棒が咳払いをしてから、話し始めた。

「噂が流れ始めたのが、もうかれこれ半月くらい前でしたか。仕事終わりにふたりで近所の居酒屋で呑んでいると、近くにいた風体の悪い二人組が『足柄屋』の旦那が小僧を苛めているという話を大声でしていたんです。あっしはお世話になっていますから、まさかそんなことはねえだろうとそいつらに言ったんですが」

そこで一度区切ってから、再び続けた。

「その証拠に小僧を最近見かけていねえだろうと言われて、それから、このことを広めてくれたら金をくれると言われていたんです。それでつい……」

先棒が申し訳なさそうに答える。

「そういうことでしたか」

小里は頷(うなず)きながら、その風体の悪い二人組というのは誰(だれ)なのだろうかと思った。わざわざ、金を払って噂を広めようとしているのだとしたら、何でそこまでするのだろうか。

恨まれるとしたら、『丸醤』だろうか。

しかし、『丸醤』の件は片付いた。あまり気にしていても仕方がない。小里は割り切って考えて、『足柄屋』に入った。

店の間では太助が背筋を伸ばして座っていた。

「いらっしゃい」

太助は威勢よく声を掛けたが、すぐに小里だとわかると、

「お帰りなさいまし」

と、言い直した。

「お客さんはどうでした？」

小里が上がり框を上がってきく。

「おふたり見えました。ひとりは日本橋駿河町の呉服問屋のお内儀さんで、もうひとりの女の方は初めて見る方でした」

「初めての？」

「はい、私より三つか四つくらい年上の」

「まだ若い方なのね。で、何か買って行ったの」

「ええ、白粉（おしろい）と紅をお買い上げになりました」

「そう。どちらの方か聞いておいた？」

「いえ、それが」

「駄目じゃないの。ちゃんと、聞いておかないと。お前さんも知っているように顧客の名簿を作っているでしょう」

小里が軽く注意すると、

「ええ、わかっています。相手が教えてくれなかったんです」

太助は慌てて言い直した。

「教えてくれなかった？」

小里はきき返す。

「その代わりに、暮れ六つ過ぎに富岡八幡宮の近くの腰掛茶屋で少しお話できないかと誘われました」

「どうしてだろうね」

「どうしてって言っても、その人が言うには……」

太助は照れたように頭を掻く。

「なんなの？」

小里が顔を覗き込むように促した。

「なんか、私を見て、贔屓の役者に似ていると思ったんだとか」

「えっ、その娘さんが？」

「ええ」

太助は気まずそうに頷いた。

「まさかね……」

小里が思わず首を捻った。

「本当ですよ」

「冷やかされているんじゃないのかしら」

「いいえ、ちゃんと私の目を真っすぐに見て、誘って来ましたもの」

太助はむきになって言い返した。

十八、九歳の年頃の娘が、まだ十四歳の小僧を相手にするのもどこか納得がいかないし、初めて会ったのに大胆に誘ってくるのもどうかと思う。

だが、あまり強く言うと、太助はへそを曲げてしまいそうだ。

「で、お前さんは行くつもりなの？」

小里は改まった声できく。

「いや、別に……」

太助は顔を背ける。

「本当は行きたいようね」

「まあ、誘われたのであれば、行かなきゃ失礼かなと思いまして」

「お前さんにはお絹ちゃんがいるんでしょう？　それなのに、そんな浮ついた気持ちでいるのですか」

小里はきびしい口調できいた。

太助は少しうろたえながらも、

「それとこれとは別です。何も下心があって行く訳でもありませんし、それに『丸醬』の旦那が一向にお絹ちゃんを外に出してくれなそうですし……」

「だけど、他の女には目もくれずに、一途にお絹ちゃんを想っていれば、そのうち許してもらえるかもしれませんよ」

「いえ、あの意地の悪い旦那のことですから……」

太助は不貞腐れたように吐き捨てた。

「まあ、誘われたのなら、行ってもいいけど。でも、気を付けなさいね。前みたいに、変なのに絡まれないように」

小里は念を押した。

「へい」

太助はどこか浮ついたような声で返事をした。

二

暮れ六つの鐘が鳴り、烏の群れが大川の上を千住の方に向かって飛んでいった。

与四郎は疲れた足で、『足柄屋』に帰って来た。

「ただいま」という声はいつもよりも大きかった。

変な噂が流されて、客が来なかった時を取り戻すかのように、品物が売れていた。

そして、店の方にも客足が戻って来ているので、あんなことがあってかえってよかったのではないかと、今では思っている。

いつもであれば、店の間で小里か太助が商品の整理か、帳面をつけていたりするものだが、今日はそれがなかった。

台所へ行くと、小里は包丁を砥いでいた。

振り向きざまに、

「すみません、気が付かずに。お帰りなさい」

と、頭を下げた。

「太助は出かけているのか」

「はい、富岡八幡宮まで」

「富岡八幡宮？　何かあるのか」

「それが……」

与四郎は昼間に十八、九の女の客に誘われたことを聞かされた。

「あいつは、のこのこ行ったのか」

「ええ、注意はしたんですが……」

小里は困ったように眉を顰める。

「お絹ちゃんがいるのにな」

与四郎は納得いかないように首を傾げた。

「それより、先に湯に行って来ますか？　それとも、ご飯を？」

「そうだな、湯に行ってくる」

「わかりました。さっき、お前さんの好きそうな魚を買ったので、焼いておきますね」

「おお、秋刀魚か。そりゃあいいな。すぐに帰って来る」

与四郎は足早に『足柄屋』を出て、近所の湯屋へ向かおうとしたものの、ふと太助のことが気になって仕方がなかった。

変な女に騙されるのではないかという不安が過る。

男であれば、若いうちに騙されるくらいのことはしておいた方が後々、こじれないで済みそうだが、つい先日風体の悪い奴らに痛めつけられたばかりだ。美人局ということも、考えられなくはない。

足を富岡八幡宮に向け直して、歩き出した。

境内の一角にある腰掛茶屋を覗くと、奥の席で楽しげに若い女と話す太助の姿を見つけた。女はどことなく、玄人っぽい様子が見受けられる。

何の話をしているかまでは、聞こえてこない。

一瞬、店に入ろうかと思ったが、いくら心配だとはいえ、あまり邪魔立てをするのも憚られた。

周囲を見渡してみたが、柄の悪い男が控えていることもなかった。

帰ろうとした時、馴染み(なじ)の番人の半太郎と会った。

「おう、与四郎。こんなとこで何しているんだ」

「ちょっと、小僧が心配でな」

与四郎は声をひそめながら、事の成り行きを話した。

半太郎は相槌(あいづち)を打ちながら聞き、

「もし心配なら、俺が見張っておくぞ」

と、言ってくれた。

「それじゃ、お前さんが大変だ」

「いや、もう仕事終わりで暇なんだ」

「だが……」

「いいってことよ。任せときな」

半太郎は与四郎の肩に笑顔で手を置いた。

「すまねえ、じゃあ何かあったら報せてくれ」

与四郎はその場を離れ、湯屋に寄った。


『足柄屋』に戻ったのは、それから半刻後のことであった。

居間に行くと、香ばしい焼き魚の匂いで満ちていた。

「あいつはまだ帰ってきていないのか」

「やはり、心配なので見に行った方がいいんじゃないですか」

「いや、何かあったら半太郎がいるから平気だ」

「どういうことです?」

「実は俺も心配だったから、様子を見に行ったんだ。そしたら、玄人っぽい女と話していた」

「玄人っぽい女といいますと?　芸者とかですか」

「多分、そうじゃないかと思う」

「相手は何が目当てなのでしょうね」

ふたりとも、相手の女が純粋な理由で太助に近づいたと思っていない。それは誰が見ても明らかだった。

そうこう話していると、勝手口の戸が開く音がした。

少しして、太助が姿を現す。

「遅くなって申し訳ございません」

太助が頭を下げた。もう五つを過ぎていた。

「楽しかったか？」

与四郎はきいた。

太助が小里に目を向ける。

「一応、伝えておいたの」

小里が答えると、太助は気まずそうに、

「お客さまでいらした方に誘われたので、付き合いで行っただけです」

と、こちらが何も言っていないのに、言い訳がましく答えた。

「別に何も疑っちゃいないよ。今日はお絹ちゃんのところに行かないのか」

与四郎は気にしていない素振りできく。

「ええ、どうせ今日も会えないでしょうから」

太助は諦めたように言う。

「そりゃあ、違う。会えなくても通えば、必ず向こうに熱意が伝わるってもんだ」

与四郎は太助の目をしっかりと見て言った。

「あの旦那は……」

太助が首を傾げるが、

「あんな人であってもだ」

与四郎は被せるように言った。

太助は俯き、少し考えてから、「ちょっと行って来ます。よろしいですか」ときいてきた。

「もう遅いから、明日にすれば」

「いえ、行って来ます」

太助は強情そうに言った。

「じゃあ、気を付けていくんだぞ」

与四郎は渋々言って、表まで見送ってやった。

暗い中を駆けて行く太助の後ろ姿を見つめながら、ふとため息を漏らした。

太助にはああ言ったものの、自分に対しての態度を見ても、『丸醤』の旦那が心を開いてくれるとは到底思えなかった。千恵蔵が噂話の件を解決してくれたが、太助とお絹のことはまだ終わっていない。

居間に戻ると、

「お前さんも、太助がいくら謝っても無駄だと、本当は思っているんじゃないですか」

小里が察したように言った。

「いや」

与四郎は否定したが、小里に嘘をついても仕方ないと思い、

「そうだ。おそらく、あの旦那が許してくれることはない。太助に行かせない方がよかったかな」

と、肩を落として言った。

「それでいいと思います」

「え？」

「太助もそのうち諦めが付くと思います。一番よくないのは、何も出来ないまま終わってしまうことです。ここまでやったのだから、もう仕方がないと諦める気持ちになってくれればいいんです」

小里の声は包み込むように優しかった。

「そうだな」

与四郎は頷いた。

「さ、ご飯にしましょう。お酒も買っておきましたからね」

小里は台所から徳利と猪口をふたつ持って来た。

「お前も呑むのか」

与四郎は少し驚いたようにきいた。普段は小里は呑まない。正月の屠蘇や、十五夜の時に軽く呑むくらいのものだ。

「一杯だけ頂こうと思って」

「何かあったのか」

「いえ、お前さんも頑張って働いてきてくれていますし、たまには呑みたい気分なんです」

小里が妙に色っぽく言った。

与四郎は小里と向かい合って、しっぽりと酒を呑みながら、食事を楽しんだ。

それから、半刻くらいして、太助が戻って来た。

小里が買ってきてくれた酒が美味しくて、つい何杯も進んでしまった。顔はほんのりと赤らんでいる。小里も一杯だけと言っていたのが、三杯も呑んでいた。

「お内儀さんまで珍しいですね」

太助が嬉しそうに言う。

「おいしいんで、つい呑み過ぎてしまったわ」

小里がどことなく照れくさそうに答え、

「それより、お絹ちゃんのほうはどうでした？」

と、訊ねた。

「門前払いです」

太助は首を横に振る。しかし、以前のように肩を落としている様子ではない。

「それほど気落ちしていないようだな」

「いえ、会えないのは寂しいですが」

太助は表情を引き締めてから、

「それより、さっき『鶴岡屋』の裏側を通ったときに、額に傷のある目つきの鋭い男が待っていたんです。そしたら、旦那が出てきて、恐ろしい顔で追い返していました。相手の男はにやつきながら、旦那に何かを言い残して帰って行ったんですが……。まさか、私のことでご迷惑をかけていないですよね」

と、心配そうに言った。

「お前さんのことは、もう大丈夫だ」

与四郎は安心させるように言う。

「そうですかね。でも……」

太助は気掛かりそうであった。

「本当に心配するな」

与四郎は言い付けた。それ以上、太助が何か言ってくることはなかった。

太助は二階に行こうとしたが、

「もしかして、またあの女の人に会ったのでは？」

小里が鋭い目つきできく。

「そうなのか」

与四郎もすかさず確かめた。

「え、ええ……」

太助は小さく頷いた。

「どこで会ったんだ」

与四郎が続けてきく。

「『丸醤』の近くです」

「この辺りに住んでいる娘か」

「いえ、馬喰町です」

「夜なのに、この辺りにいるなんて不思議だな」

与四郎は腕を組んで言った。

「何でも、親戚のおじさん夫婦がこの辺りに住んでいるみたいなんです」

「そうか。親戚のね……」

素人には見えない女を頭に思い浮かべながら、妙な違和感を再び覚えた。だが、それを指摘されるのを先に察知したのか、「その人とはただ喋ったただけで何もないですから」と、太助は答える。

夫婦は顔を見合わせる。

ふたりとも、酒の酔いはすっかり醒めていた。

「では、失礼します」

太助は二階に上がって行った。

翌日の朝も与四郎は明け六つには、商品を担いで『足柄屋』を出た。

途中で、半太郎の裏長屋に寄った。

「すまねえ、早くに」

与四郎は詫びた。

「いや、俺もお前のところに行こうと思っていたんだ。だが、いまは荷売りに出ていると思って、どうしようか迷っていたんだ」

「昨日、うちの太助はどうだった」

「特に変なことにはなっていねえぞ。美人局でもなさそうだったしな」

「でも、おかしいと思わねえか」

与四郎は重たい声できいた。

「たしかに、傍から見たら妙な感じだ。でも、色恋なんてものは当人同士でしかわからねえこともある」

「だからといって、玄人っぽいあの娘が太助なんかと……」

「だが、あの小僧には別に金があるわけでもないし、狙ったところで何も取れないだろう？」

半太郎が落ち着いた声で言う。

「まあ、そうだが」

与四郎は一応頷いたが、

「あの後、太助が『丸醬』に行った時に、あの娘とまた会っていた。娘は馬喰町に住んでいるのに、親戚がこっちに住んでいるからと言っているが、どうも待ち伏せしていたんじゃねえかと思って」

「心配し過ぎだ。俺も気に掛けておくから。そんなことを考えているようじゃ、商売もうまくいかねえぞ」

半太郎が背中を押した。

「わかった。よろしく頼むよ」

与四郎は裏長屋を出て、太陽に向かって歩き出した。

三

昼過ぎに、急に重たい雲がかかって、いまにも雨が降りそうな陽気であった。又右衛門は寄合から『鶴岡屋』へ帰る途中、

「重吾！」

と、大きな声で呼び止められた。

周囲の者はその声の大きさに振り返った。

（またあいつだ）

又右衛門は舌打ちをしながら、無視して歩き続けた。近所だから、知り合いも多くいる。重吾と呼ばれて振り返ったら、何かと疑われかねない。まして、秀次郎のような男と話していたと噂になれば、『鶴岡屋』の客足にも影響を及ぼすかもしれない。

又右衛門はいつもの道とは別の細い道に入った。

人通りはない。

だが、後ろから足音が尾いてくる。

急に立ち止まって振り返った。

「あんなことをされては困る」

又右衛門は強い口調で言った。

「ぞんざいに扱われるのも困るぜ」

秀次郎は、にたりと笑って言い返す。

「金の件はもう少し待ってくれ。必ず払うから」

「そうやって逃げるつもりじゃねえだろうな」

又右衛門は苦い表情で言った。

「俺が『鶴岡屋』の主である限り、逃げられないのはわかるだろう」

「そりゃ、そうだ」

秀次郎は鼻で笑い、

「だが、いつまでも待てねえぜ。それに、一日待つ毎に、一両増えるってことを覚えておけよ」

と、急にきつい口調で言ってきた。

「あんまりだ」

又右衛門は払いのけようとしたが、

「お前の昔の悪行を知っている。バラされたくないだろう」

秀次郎は口をあまり動かさずに小さいが、刃物を突きつけるような鋭い声で脅してくる。

明らかに、小馬鹿にしている。金を払って脅しが止むという保証はない。だが、払わなければ、本当に自分の過去を世間にばら撒きそうだ。

「だから、金を払うと言っているじゃないか」

又右衛門は、つい怒ったように言った。

秀次郎は余裕のある表情で見つめてくる。

「店の金を使うのにも、勝手には出来ない」

「この間もそんなこと言っていたが、あれから数日経っているぜ」

「五百両だ。番頭に怪しまれる」

「なら、番頭を殺しちまえばいいんじゃねえか」

秀次郎は冗談めかして言ってから笑った。

「おい、そんな物騒なことを」

又右衛門は不機嫌に言い返した。

「昔のお前なら、それくらいしただろう?」

秀次郎が顔を覗き込む。

「……」

又右衛門は否定しようとしたが、揚げ足を取られるのはわかっていた。何も答えずにやり過ごそうとした。

「いつまでに用意できるんだ」

秀次郎が引き締まった声で言う。

「十日待ってくれ」

金の用意ができるかはわからない。だが、出来るだけ引き延ばそうと考えていた。

だが、案の定、秀次郎は首を縦に振らなかった。

「遅くとも明後日(あさって)までだ」

「明後日？　それは難しい」

「難しいことはねえだろう。番頭への言い訳なら俺が考えておく」

「お前に何がわかる」

「その場をやり過ごすのに関しては、誰にも負けねえ。それで、牢屋から逃げてきたことだってあらあ」

秀次郎が自信ありげに言った。

「牢屋から？」

「つい口が滑っちまったな」

「お前はいま追われているのか」

「江戸では追われていねえ」

「じゃあ、どこで？」

「教える筋合いはねえ。ともかく、お前は五百両を用意することだけを考えろ。いいな」

秀次郎が人差し指を目の前に突き付けてきた。

「……」

又右衛門は睨みつけるように見た。

「なんだ、その目は」

「お前も昔は好いところがあったのになと思うと、悲しくなったんだ」

「笑わせてくれるな。お前は善人のふりが出来て羨ましいぜ」

秀次郎はわざとらしく、ため息をつく。

「人は変われるんだ」

「根は変わっちゃいねえだろう」

「いや」

又右衛門は首を横に振るが、秀次郎は鼻で笑って取り合わない。

「ともかく、金を払うことしかお前には道はないんだ」

「もしも、払わなかったら？」

「何度も同じことを言わせるんじゃねえ。お前の悪行を世間にばら撒くぞ」

「世間にばら撒いたところで、お前も危ないのではないか？　散々悪事を重ねてきただろう」

これを言い返すのが、又右衛門の精一杯であった。

「俺を殺そうとしても無駄だぜ」

秀次郎は余裕ぶった。

「そんなことはしねえ」

「俺以外にも他にこのことを知っている奴がいるんだぜ……」

秀次郎はそう言い残して、去っていく。

「おい、待ってくれ」

又右衛門は秀次郎の背中にきいたが、何も返ってこない。

嫌な胸騒ぎが止まらなかった。

翌日の夕方過ぎのことであった。又右衛門が店仕舞いをしようと思っていたところに、『足柄屋』の与四郎がやって来た。

又右衛門は土間まで降りて、挨拶をした。

与四郎は少し堅い表情をして、

「ちょっと、お話が……」

と、小さな声で言った。

「わかりました。では、奥へ」

又右衛門は店の間から最も離れている六畳の客間に連れて行った。

女中が茶を運んで来ようとしたが断った。

ふたりが向かい合って座ると、

「何かまずいことでもあったのですか」

又右衛門から切り出した。

「いえ、太助のせいでご迷惑をかけていないかと心配で」

「どういうことですか」

「一昨日(おととい)の夜、太助が額に刀傷のある、目つきの鋭い男が又右衛門さんに絡んでいるのを見たというのです。もしかしたら、太助のことが関わっているのではないかと思いまして」

与四郎は思い切って切り出した。

又右衛門は心の臓が止まる思いがした。

口を少し開いたまま、何も言葉が出なくなった。

「又右衛門さん、やはりあいつのせいなのですか」

与四郎が身を乗り出した。

「いえ、違います」

又右衛門は小さく首を横に振った。

「正直に教えてください」

「太助の見間違いでしょう」

「そうですか……」

与四郎は納得していないような口ぶりであった。

ふたりの間に、妙な沈黙ができる。

又右衛門は煙管(きせる)を取り出した。莨(たばこ)を詰めて、火を点(つ)ける。

煙がもつれるように昇って行った。

「では、その風体の悪い男というのはどなたなのでしょう」

与四郎がきいた。

「いえ、その……」

又右衛門はうまく答えられない。

「いえ、変に詮索(せんさく)するわけではないのですが、太助のことでは旦那に助けられました。もし、私に出来ることがありましたら、何なりと仰ってください」

与四郎は付け加えた。

「ありがとうございます。でも、心配は御無用でございます」

又右衛門は言った。

「わかりました。すみません、私の気が急(せ)いてしまって、押しかけるような形になって」

与四郎が頭を下げる。

「いえ、お気になさらないでください」

又右衛門は表まで与四郎を送った。

与四郎は帰り際にも、もう一度詫びを言って帰って行った。

あの様子を見られている。

昼間、秀次郎と会ったのも誰かに見られていたのではないか。急に不安になってきた。

早く決着をつけなければならない。だが、金を用意したら、番頭に怪しまれる。

どうすれば、うまく事は収まるのだろうか。

ふと、心に恐ろしい気持ちが芽生えた。

(あいつさえ、いなければ……)

一瞬過ったが、すぐに振り払った。俺は堅気になったのだと自分に言い聞かせた。

何も出来ない無力さを感じながら店に戻ろうとした時、目の前に背の低い六十代半ばくらいの杖をついた盲人の男が歩いてきた。

『鶴岡屋』の前で足を止めると、

「あの、こちらの旦那さまを呼んで頂けますか」

男は芯のある声で言った。

何者なのだろう。

秀次郎の時に似たような胸騒ぎを覚えながらも、

「私ですが」

と、答えた。

男は見えない目で、又右衛門をまじまじと見た。

「あなたが……」

怒りが滲むような声であった。

ますます、不安になってきた。又右衛門の手や足が自然と震えていた。

「どのようなご用ですか」

それでも、丁寧にきいた。

「聞きたいことがあります」

男の声は重たかった。

「……、はい」

少し間を置いてから、頷いた。

「十三年前の梅雨の頃。あなたは保土ヶ谷宿の辺りにいませんでしたか」

「いえ、いません」

「あなたは重吾さんじゃないんですか」

「なんでそんなことを？」

恐る恐るきいた。

「弥吉という男を知りませんか」

「知りません」

「弥吉は保土ヶ谷宿の外れで殺されたんです」

「……」

「あなたじゃないんですか、殺したのは」

「……」

「どうなんですか」

「何のことかわかりません」

つい声が震えた。この男がどうして、そのことを知っているのか。誰かの遣いで来ているのか。

様々なことが頭の中を渦巻く。

「私は……」

男はそう言ってから、突然涙ぐんだ。

声をかけようと思ったが、

「私は弥吉の父で、弥三郎（やさぶろう）といいます」

と、告げられた。

弥三郎は懐から古びた扇子を取り出した。

「この扇子が殺しの現場に落ちていました。ある人がこれが下手人のものだと言って寄越（よこ）してくれたものなんです」

又右衛門は、思わず息をのんだ。

この扇子には、大きな蛙（かえる）に児雷也（じらいや）が跨（また）っている絵が描（か）かれている。描いたのは、まだ十歳にも満たない頃の又右衛門自身であった。売れない絵師に描き方を教えてもらって、試しに描いてみたものだったが、なかなかの上出来だったので、それ以来愛用していた。

ただ、この扇子は殺しの時には持っていなかった。

弥三郎はさらに続けた。

「倅（せがれ）を殺した下手人はわからないとされてきました。でも、私は諦めきれなかったんです。倅を殺した下手人を捜し出そうと思って、十三年間、ひたすらに捜し求めてきました。手掛かりは倅が江戸に連れて行こうとした男がいたということです。その男が下手人かもしれないとも思いましたが、倅が殺された時には、保土ヶ谷宿の蕎麦屋にいたということがわかりました。他に下手人がいる。そう思って、さらに捜し続けました……」

そして、弥三郎は膝から崩れ落ちた。

咄嗟に、又右衛門は手を差し出し、起こそうとした。

「止めてください。あなたがもしも下手人であったら、そんな人の手に触れられたくないのです」

弥三郎の口調はきつかった。

「どうなんですか」

弥三郎は自ら立ち上がって、突きつけてきた。

「知りません」

又右衛門は小さな声で否定した。

「あなたではないと？」

「ええ」

「でも、弥吉をご存知ですよね。あなたが重吾でしょう？」

弥三郎はさらに言った。

「なんのことやら」

さらに、惚(とぼ)けた。

「違うはずはありません。いや、あの人が嘘を……」

弥三郎は独り言のように言った。

「あの人って？」

又右衛門がきき返す。

「秀次郎さんという方です。この扇子も秀次郎さんに貰(もら)いました」

弥三郎は答えた。

やはり、そうだった。昨日、あんなに余裕ぶっていたのはこのことだったのか。やはり、倉賀野で扇子を失(な)くしたのだ。その時に、秀次郎は持っていたのだ。

「秀次郎なんて男はとんでもないやくざ者です」

又右衛門は言い聞かせた。

「……」

弥三郎は見えない目で何か考えながら、

「それでは、あなたが下手人というのは言いがかりだと？」

と、改まった声できいてきた。

「はい」

又右衛門が答えると、弥三郎は大きなため息をついた。

「せっかく、摑めたと思ったのですが、またしても騙されてしまいました」

弥三郎の声に力が抜けていた。

「またしてもと言うと？」

又右衛門がきいたとき、少し先の角に影が動くのが見えた。

「とりあえず、上がっていってください」

「えっ、でも……」

「せっかくですので、話を聞かせてください」

「すみません、こんな失礼なことをしておきながら……」

弥三郎は微かに震える声で言った。

又右衛門の心は張り裂けんばかりに痛かった。

ふたりは店の中に入り、さっき与四郎を通した客間へ向かった。廊下で女房と会って、「あら、どなたですの」と聞かれたが、「ちょっとな」と又右衛門は濁した。

客間へ行くと、向かい合って座る。

弥三郎は深呼吸してから、

「秀次郎さんのことをご存知なのですか」

と、きいてきた。

「え、ええ……」

「どうして、あの男を」

「近所の厄介者なので」

又右衛門は咄嗟に適当なことを言った。

「近所の……」

弥三郎は首を傾げる。

「それより、先ほどのまた騙されたというのは？」

不安になって、すぐに訊(き)いた。

「ずっと、あっしの倅を殺した下手人をやみくもに捜しているのですが、一年ほど前に下手人を知っているという若い男に会いました。その者は話しているうちに保土ヶ谷の生まれで、たまたま殺しの瞬間を見たというのです。下手人は倅と喧嘩(けんか)をしているうちに匕首(あいくち)で殺したと言っていて、牛込柳町(うしごめやなぎちょう)の大工金次郎(きんじろう)だと教えられました。

それで、あっしはその男に金を払ってしまったのですが、牛込柳町に大工の金次郎なんていませんでした。すっかり騙されてしまったのです」

弥三郎はため息混じりに語った。

「秀次郎からあなたに声を掛けてきたのですか」

「はい。ちょうど、品川へ行ったときです。下手人は倅から金を盗んだらしいので、おそらく、江戸に出てきているはずだと思い、だとすれば品川宿は必ず通っているからです。足しげく品川へ行って、きき回っていれば、やがて倅殺しのことを知っている者と会えるかもしれないと思ったのです。そんな時に、秀次郎さんがあの殺しの下手人を知っていると言ったんです。その証拠として、扇子を渡してくれたので、今度こそ本当だと信じてしまいました」

弥三郎は重たい声で語った。

(あいつはそれで脅すことを考えたのか)

妙に納得した。憤りや後悔の念はある。弥三郎に同情する気持ちもあった。だが、それ以上に、殺しが自分の仕業だとバレるのではないかという不安が強かった。そんな汚れた気持ちでいることに腹が立って仕方がなかった。

四

翌日の昼過ぎ、小里は富岡八幡宮の近くの下駄問屋までやって来た。ここのお内儀さんが以前欲しがっていた簪を入荷したので、それを持参していた。

勝手口を入ると、女中がすぐにお内儀さんを呼んできてくれた。小里よりも十幾つ年上だが、肌の手入れをしっかりとしていて、若々しい見た目であった。

「お内儀さん、こちらです」

小里が見せると、内儀は目を輝かせた。

「そうそう、これですよ。欲しかったのは」

内儀は手に取って、かざして見た。

「きっとお似合いになると思います」

世辞ではなく、本心で伝えた。

「では、これを頂きます」

内儀は弾んだ声を抑えながら言う。

勘定をもらうと、

「よかったら、お茶でも呑んで行きません？」

内儀が誘ってくれた。

留守番は太助に任せてあるが、もう怪我もすっかり治ったし、ひとりで平気だと言っていた。

「では、お言葉に甘えて少しだけ」

小里は上がることにした。

ふたりは中庭を見渡せる部屋に移動して、茶菓子を食べながら、よもやま話をしていた。

「それにしても、おたくのところは夫婦仲が良くて羨ましい限りですこと」

内儀が羨望の眼差しで言った。

「そんなことを言ったら、そちらだって」

「いえ、それがここ数日、口すら利いていないんです」

「何があったのですか」

「聞いてください。うちの人ったら、悪い女に引っ掛かって、金をせびられていたんです。元々、もてる方ではありませんし、遊び歩く方でもありませんが、ちゃんとした相手と遊んでいると思っていましたのに。これでは、うちの人がただ単に騙された馬鹿なひとみたいじゃありませんか」

　内儀が本気で愚痴を漏らした。

「そんなこと言ったら、うちの亭主ではありませんが、小僧が心配なんです」

　小里も言った。

「小僧さんが？」

　内儀がきき返す。

「お内儀さんも知っての通り、まだ前髪が取れてからそんなに経たない子どものようなものですが、近ごろ十八、九くらいの店に来たお客さまにどうやら惚れているらしく……」

「それは、女の方もよく相手にしますね。いえ、別にあの小僧さんが悪いってわけじゃないですけど」

「まだまだ幼すぎますから、きっと裏があるのだろうと思っているんです。でも、あの年頃はいくら言っても聞く耳を持たないのでしょうか」

　小里は首を傾げながら言った。

「失敗して、学ぶこともありますから。特に男はそんなもんじゃないですか」

「そうですかね」

「で、相手はどんな女のひとなんです？」

「うちの人が言うには、素人っぽくない感じらしいですけど。あと、小僧が言うには、日本橋馬喰町の呉服屋の娘だそうですが、親戚のおじさんが永代寺門前町に住んでいるということで、しょっちゅうこの辺りに来ているそうで」

　小里が何気なく言うと、

「馬喰町の呉服屋の娘で、親戚が永代寺門前町に住んでいるといったら、お華（はな）ちゃんじゃ……」

　内儀は思いついたように呟く。

「お華さん？」

「ええ、馬喰町の『升越（ますこし）』という呉服屋のひとり娘で、常磐津（ときわず）か何かをやっているはずです。それで、親戚がこっちで刀鍛冶（かたなかじ）をやっているはずですよ。見た目が少し派手で、素人っぽくないといえば、そうかもしれませんけど」

　内儀はそう語ってから、

「でも、同じような人は他にもいると思うから。まさか、あのお華ちゃんではないと思いますよ」

　と、言い直した。

小里は気になって仕方がなかった。

『足柄屋』に帰る途中も、ずっと考えていた。

『足柄屋』に帰ると、ちょうど若い女の客が店から出て行った。初めての顔であったが、すぐに太助に付きまとっている女だと思った。

追いかけようかと思ったが、

「お内儀さん」

と、店の間から太助に声を掛けられた。

「あの人がそうなのね」

小里は確かめた。

「はい。でも、別に何という関係でもありませんからね」

太助がわざとらしく言う。

「別に、それはいいけど……」

「何を心配なさっているのですか」

太助がきいてきた。

「……」

小里は少し考えた。

「旦那さまもあまり好く思っていないようですし」

太助が寂しそうに言う。

「あの人は日本橋馬喰町の呉服屋の娘だとか言いましたね」

「はい」

「なんていう店なの？」

「たしか、『升越』とか」

太助は答えた。下駄問屋のお内儀さんが言っていた店だ。ということは、そこの娘のお華であろう。

「名前は？」

一応、きくことにした。

「お紺さんっていいます」

「お紺？」

小里は首を傾げた。

「何かあるのですか」

太助は不思議そうな顔をする。

「いえ、何でもありません。ただ、気になっただけ」

小里は誤魔化した。

たしか、ひとり娘と言っていた気がした。それは聞き間違いなのか、それともお内儀さんの勘違いなのか。

いずれにせよ、相手の身元がわかった。

だからといって、うちの小僧に付きまとわないでくれと言う筋合いもないが……。

一度、『升越』に行って、ちゃんと話をした方がいいかもしれないと思った。

その日の夕方、与四郎が帰ってくると、小里は太助の相手が『升越』の娘のお紺であると伝えた。下駄問屋からはひとり娘で、名前がお華と聞かされたことも言った。

「おかしいな」

与四郎は腕を組んで、首を捻った。

「私の勘違いかもしれませんが」

「だが、確かめに行った方がいいな。よし、私が行ってくる」

与四郎が意気込む。

「私が行きますよ」

「いや、お前が嫌な目に遭うといけない」

与四郎は庇うように言った。

「平気ですよ。それに、女同士で話した方がいいと思うんです」

「女同士でか。そうだな、私が行ったところで、娘が正直に話してくれるとも限らない。すまないが、お願いする」

与四郎が軽く頭を下げて頼んで来た。

「いやですよ、そんな他人行儀になって」

小里が笑いながら言い返し、

「じゃあ、行って来ますね」

と、近くの駕籠屋から駕籠を呼んだ。

この間、元岡っ引きの千恵蔵の家まで行くときに乗せていってくれた駕籠かきふたりが今日も担いでくれるという。

駕籠に揺られていると、先棒が色々と話しかけてくる。

「そういえば、お内儀さん。昨日の夕方、小僧さんが若い好い女と出歩くのを見ましたぜ。ありゃあ、どういう間柄なんでしょう」

「ちょっとした知り合いでしょう」

小里は適当に流す。

「でも、小僧の方はまんざらでもない様子でしたよ。気を付けた方がいいですよ。あの女、どこかで見たことがある気がするんですが」

　後棒が言う。

「どこかでって？」

　小里は駕籠の中で振り返って、きいた。

「ちょっと、そこまで覚えていないんですが」

「客として乗せたんじゃないのかい」

「いえ、そんなんじゃないですよ」

「じゃあ、どこなの」

「いや、本当に思い出せなくて……」

　後棒が思い出せないで悔しそうに言う。

「あっしもどこかで見たことあると思ったんです」

　先棒も言った。

「じゃあ、何かと有名な娘なのかい」

「ええ、きっと悪い意味でね」

「悪い意味？」

「いや、ただそう感じただけです。気にしないでください」

そうこう話しているうちに、日本橋馬喰町までやって来た。金の文字で『升越』という屋号が書かれた大きな黒い看板が見えた。

小里は駕籠を降りて、裏口に回った。

木戸口を開けて、裏庭を通り、勝手口の戸を開けた。

「すみません」

呼びかけると、太助と同じ年くらいの小僧が出てきた。

「はい、なんでしょう」

まだ声変わりしていないのか、声が甲高かった。

「私は佐賀町の『足柄屋』の小里という者ですけど、お紺さんはいらっしゃる?」

「お紺さん?」

「こちらの娘さんの……」

「いいえ、そんな名前の方はいませんよ」

「えっ、じゃあ……」

小里は一瞬戸惑ってから、

「お華さんは?」

「ええ、お華さんならおりますけど」

小僧はどこか訝しそうに見ている。

「すみませんけど、連れてきてくれないでしょうか」

「ええ、わかりました」

小僧は一度奥に下がり、少ししてから若い娘を連れてきた。鼻筋の通った面長の綺麗な顔をしていたが、さっき店から出てきた女だった。大店の娘にしては、随分と派手な出で立ちだった。

「すみません、急にお呼びしてしまいまして」

小里は頭を下げた。

「いえ、何のご用でしょう?」

お華がきくと、奥からたっぷりとした腹を蓄えた五十男が出てきた。

「あっ、旦那さま。こちらの『足柄屋』のお内儀さんがお華さんにお話があるとのことで」

小僧が言う。

「ええ、実はうちの小僧がこちらの娘さんとよく会っていると聞いて、是非ご挨拶に伺わなければならないと思ったのですが、どうやら勘違いのようでした。大変申し訳ございません」

　小里がうまく収めようとした。

「そうでしたか」

　旦那は低い声で言ってから、

「お前たちは下がってなさい」

　と、娘と小僧に言い付けた。ふたりとも、そそくさと出て行った。

「娘が何かしましたか」

　旦那が心配そうにきいた。

「いえ、うちの小僧と親しくしているようなので、様子をききに来たのですが……」

「小僧さんと？　いくつですか」

「十四です」

「おかしいですね」

「どうおかしいんですか」

「お恥ずかしい話ですが、うちの娘は猿江町のやくざ者と付き合っているようです。それまではいい子だったのですが、付き合い始めてからすっかり変わってしまって……」

旦那はため息をついてから、

「小僧さんのことで、娘にはきつく言っておきますので」

「すみませんが、よろしくお願いします」

どこの家にも、何かと悩みがあるのだと思いながら、『升越』を後にした。

五

秋の冷気を肌に感じる昼下がりのことであった。昼までは浅草一帯で売り歩いていたが、今日はやけに白粉や紅が売れて、もう手持ちがなくなったので一度『足柄屋』に帰った。

せっかくなので、家で昼飯を軽く食べてからもう一度出かけた。永代寺門前町の『丸醬』の裏手を通ったとき、

「あ、あの」

と、頭上から声がした。

見上げてみると、まだ十五、六くらいで、品の良さそうな娘が二階から顔を覗かせていた。

「あの、与四郎さんですよね」

娘は確かめてくる。

「ええ、そうですが」

「絹といいます」

「あっ、お前さんが……」

すぐに、太助と好い仲だった『丸醤』の娘だとわかった。

「私のことで迷惑をおかけして申し訳ございません」

お絹は頭を下げる。

「いえ」

与四郎は首を横に振った。

「太助さんはお元気ですか」

お絹の声に張りがなかった。

「ええ、あいつもお前さんに会えないでなんだか気落ちしているようで」

「そうでしたか。私はこの通りずっと外に出させてもらえませんので」

お絹はそう言ってから、窓の中に姿を消した。少しして、また戻ってきた。

「すみません、いま廊下から足音がしたので、うちの父かと思い……」

「大変ですね。そんなに厳しいんですね」

「ええ、私のことときたら、いつも以上に……」

お絹はため息をついた。

「もしできましたら、この文を太助さんに渡してくれませんか」

お絹は掲げた。

「ええ、いいですよ。放り投げてください」

与四郎が言うと、お絹は狙いを定めるように投げた。それを手にすると、胸元にしっかりと仕舞った。

「たしかに、預かりました」

与四郎はその場を離れて行った。


それから、与四郎は小間物を売り歩き、芝神明町の神社に、この間と同じくらいの時分に行った。すると、またもやあの年寄りがお参りをしていた。

しばらくその様子を見ていると、相手も察したようで、振り返った。

「あっ、あなたは」

「再びすみません。またいらっしゃるのではないかと思いまして」

「ええ、毎日のことですから」

「信心深いのですね」

　与四郎は感心するように言った。

「いえ、今までの私の行いを懺悔(ざんげ)しているんです。でも、親のことで、娘までもが苦労するのは納得がいきませんから。私はどうなっても構いませんから、娘のことだけは何とかこの貧しさから救ってやってくださいとお願いしているんです」

　与四郎に少しは心を開いたのか、以前よりも饒舌(じょうぜつ)であった。

「でも、世の中って不思議ですね」

　男はぽつりと言う。

「不思議ですか」

　与四郎はきき返した。

「娘の嫁入りの支度金を盗まれた時には、もう何もかも終わりかと思ったのですが、こうやって毎日拝んでいると、時たま声をかけてくれる方がいるんです。あなたの前にも、ひとり色々と話を聞いてくれました。その人は私に一両の金を渡してくれました」

「一両もですか」

「さすがに、見ず知らずの人に頂いたお金ですので、私も使うことが出来ないで、今度会ったら返そうと思っているんです」

　男は懐を軽く叩いた。


　夕方になって、与四郎は『足柄屋』に帰った。

　ちょうど、太助が出るところであった。

「どこか行くのか」

　与四郎がきく。

「ええ、ちょっと……」

　太助は濁した。

　おそらく、あの女と会うのだろう。わかっていたが、与四郎はあえて聞かなかった。

　その代わり、懐から文を取り出して渡した。

「これは?」

　太助が受け取りながらきく。

「昼過ぎに『丸醬』の裏手を通ったら、二階から声を掛けられたんだ。それがお絹ちゃんだった。お前に渡してくれって」

与四郎が説明すると、太助は中身を見ないで懐に仕舞って、

「ありがとうございます」

と、礼だけ言って出て行った。

与四郎は家に上がり、居間へ向かった。

小里の姿はなかった。

台所かと思って行ったが、そっちにもいなかった。

「小里、小里」

声をかけながら捜していると、二階から小里が下りてきた。

「すみません、気づかずに」

「どうしたんだ」

「さっき、表から見たら、二階の窓の手すりが崩れ落ちそうだったので、見に行っていたんですよ」

「そりゃあ、危ないな。それで、いまはどうなっているんだ」

「ちょっと手をかけただけでも、外れそうなくらい脆（もろ）くなっています」

小里が言うと、与四郎は二階に上がった。太助の部屋に入り、窓際に寄った。

手すりを見てみると、ひびが入っていて、今にも崩れ落ちそうであった。

「明日にでも、大工に頼もうか」

「ええ、それが好いと思います」

「それにしてもおかしいな」

与四郎は首を捻った。

「おかしいといいますと？」

「手すりがこんな風になるかなって」

「太助が思い切り力をかけたのですかね」

「いや、普通に力をかけてもこうはならないぞ。手すりに乗らない限り……」

与四郎はそう言いながら、ふと昨夜、寝ているときに二階から何か物音がするのが聞こえたのを思い出した。

そのことを小里にきいてみると、

「そういえば、私も聞こえました」

「太助は何をしていたんだ」

「それに、外からも音がした気がします」

「そう言われれば……」

与四郎は頷いた。

ふと、妙なことが脳裏（のうり）を過った。

「太助は今日もあの女に会いに行くようだな。確かお前の話だと、お華の父親が話を付けてくれると言っていたのにな」

与四郎は呟く。

「父親の言うことを聞き入れなかったのでしょうか」

「昨夜あの女が来たんじゃないか。それで、太助はこっそり屋根から下に下りて行った」

「でも、夜中にどこへ行くんでしょうね」

「わからないが、近くに親戚の家があるんだろう。そこで密会しているのかもしれないな」

「太助が心配です。ほら、太助は相手の名前も違ったものを教えられているようですし」

「そうだな。相手の目的もわからない。あいつには金がないし」

「まさか、うちのことを何か狙っているとか？」

「いや、そこまではしないだろう」

「ともかく、このことは千恵蔵親分に相談してみた方がいいんじゃないですか」

小里が言った。

「いや、親分に出てもらうほどではない」

与四郎はつい口調がきつくなった。どうしても、小里から千恵蔵の名前が出て来ると、妙な胸騒ぎがしてならない。別に千恵蔵のことが嫌いだとか、小里と出来ていると疑っているわけではないが、言葉ではうまく言い表せない何かがあるのだった。

小里もそれ以上は千恵蔵のことは言って来なかった。

「もし、猿江町のやくざ者が絡んでいるとしたら……」

小里が不安そうに呟いた。

「太助の身が危ないと？」

与四郎がきいた。

「わかりませんが」

「ちょっと、様子を見に行ってくる」

「え？　どこへ見に行くのです」

「富岡八幡宮にいるかもしれない」

与四郎はそう言って、部屋を出て、階段を降りて行った。背中に小里の声が聞こえたが、構わずに店を出た。

それから早歩きで、富岡八幡宮へ向かう。

ちょうど、品物をほとんど売りさばいた後の棒手振り(ぼてふ)や、仕事終わりの商人や武士たちがどこかへ呑みに行く町の雰囲気であった。

与四郎はひとり必死な眼(まなこ)で、太助のことを捜し回った。

途中の細い小道で、又右衛門を見かけた。少し大きめの木箱を重そうに持っていた。

「又右衛門さん」

与四郎が挨拶をすると、又右衛門は驚いたように目を見開いた。

「あっ、与四郎さんでしたか」

「これから、どこかへ？」

「ちょっと、お得意様のところへ」

「そうでしたか」

「すみません、先を急ぎますので」

又右衛門は珍しく素っ気なく去って行った。

与四郎は自身番に寄って、半太郎にも太助のことを聞いたが、

「さあ、今日は見かけていねえな」

と、言われた。

「そうか」

与四郎はそれだけ聞いて立ち去ろうとしたが、

「そういや、日本橋馬喰町の『升越』という呉服屋のお華という娘を知っているか」

「お華？　さあ」

「猿江町のやくざ者と好い仲だとかいう」

「ああ、知っている。万吉と付き合っている女だろう」

半太郎は思いついたように、太腿を軽く叩いた。

「万吉っていうのはどういう男なんだ」

「見た目は苦み走った好い男だ。ただ、評判の悪い奴だ」

それから、自身番を離れて太助を捜したが、その姿はどこにも見つけられなかった。

仕方ないので、『足柄屋』に帰ろうと思っていると、路地から額に傷のある目つきの鋭い男が出てきた。

もしかしたら、太助から聞いた男かもしれない。

さっき又右衛門が持っていたのとよく似た大きな木箱を提げている。やはり重そうだった。

又右衛門が言っていたお得意様というのは、この男のことなのだろうか。

どうも納得できなかった。
与四郎は思わず後を尾けて行った。

第四章　罪滅ぼし

一

どこかで烏が鳴いている。

与四郎は額に傷のある目つきの鋭い男の後を尾けて芝神明町までやって来た。特に何をしようというわけでもないが、足が勝手に付いて来たのだった。

男は裏長屋の奥の家に入って行った。

この辺りは与四郎も小間物を売り歩くのに来ているところだ。よく見かける野良猫が近づいてきて、与四郎の足に頬を擦り付けてきた。

与四郎は、長屋木戸の外で待った。

しばらくすると、男はどこか安心したような顔で出てきた。すかさず長屋木戸から離れて、身を隠した。

男は尾けられているとは考えもしない様子で、与四郎の横を通り過ぎて、元来た道を戻った。

与四郎は男の後を尾ける。

しかし、すぐに男は振り返った。鋭い目つきで見渡す。

目と目が合った。

男は一瞬、固まったように動かずに、与四郎の様子を見定めているようであったが、少しして目を逸らした。

与四郎は尾けるのを諦めて、さっき男が出てきた長屋に戻った。

長屋木戸をくぐり、一番奥の家に行く。松蔵という千社札が貼ってあった。

「すみません、失礼します」

声をかけて、腰高障子を開けた。

四畳半には十八、九の娘と、五十近い男がいた。その男は神社でいつも長いこと拝んでいる者だ。

「あっ、あなたは」

男は驚いたように声を上げた。

与四郎もまさかあの男だとは思わなかった。

娘はきょとんとした顔で、こっちを見ている。

「すみません、私は深川佐賀町で『足柄屋』という小間物屋をやっている与四郎と申します。お名前を伺っていなかったのですが松蔵さんというのですか」

与四郎は確かめた。

「ええ」

松蔵は頷(うなず)いてから、

「何かありましたか」

と、少し慌ててきいてきた。

「いえ、さっきこちらに額に傷のある男が訪れませんでしたか」

与四郎はそう言いながら部屋を見渡すと、奥の方に木箱が置いてあった。

「え、ええ……」

松蔵は困ったように頷いた。

「不躾(ぶしつけ)ですが、一体、何の用だったのでしょうか」

与四郎がきくと、

「その……」

松蔵は困りながら、土間に下りて来た。それから、外に出るように目で合図を送ってきて、長屋の路地に出た。ふたりは歩きながら、いつもの神社にやって来た。

「あなたはあの男とどういう関係なんですか。ずっとあの男のことを調べているのですか」

松蔵が恐る恐るきいた。

「いえ、調べるなんてことではありません。あの男は私の知り合いから木箱を受け取ったんです。その木箱が松蔵さんのところに届けられていたので」

「お知り合い？　その方は何をされている方で？」

「永代寺門前仲町の大店の旦那です」

「そうですか。そんな人が……」

松蔵が考えるような目つきで呟いた。

与四郎が口を開こうとすると、

「その旦那は何という方ですか」

松蔵が真っすぐな目できいてきた。

「名前ですか」

「そうです」

「鶴岡屋又右衛門さんですが……」

「鶴岡屋又右衛門。新しいお店なのでしょうか」

「いえ、どうでしょう。いまの旦那は先代の娘婿だそうで、もう当代になってから十年は経つそうですが」

「なるほど。そうすると、その前に……」

松蔵は再び考えるような眼差しをして呟いた。

「鶴岡屋さんに何かあるのですか」

今度は与四郎がきいた。

「いえ、そういうわけではありませんが……」

松蔵は曖昧に答えた。

何を隠そうとしているのか、与四郎にはわからなかった。あの木箱の中身は何なのか、そして又右衛門と額に傷のある男の間柄、さらにその男と松蔵の関係がまったく摑めない。

「さっきの男は何者なのですか」

与四郎はきいた。

「わかりません」

「わからない？」

「名乗っていませんでしたので」

「ということは、初めて会ったのですか」

「そうです。いきなりやって来て、あの木箱を置いて行ったのです」

「木箱には何が入っていたのですか」

「……」

松蔵は口を閉ざした。与四郎は男の顔を覗(のぞ)き込むようにして見た。

「何かまずいものでも？」

与四郎はさらにきいた。

「いえ、そういうわけではありませんが」

松蔵の目は泳いでいる。

与四郎は男を見つめたが、松蔵は答えようとはしなかった。仕方がないので、それ以上は深くきかないで、帰ることにした。

『足柄屋』に帰ると、居間で小里が三味線を弾いていた。小里はどことなく哀愁に満ちた目をしていた。

与四郎は小里の前に座り、三味の音に聞き入っていた。あまり上手ではないが、妙に聞きほれてしまう音である。

ひとつ弾き終えると、次は与四郎の好きな端唄の『深川』を弾き始めた。与四郎は合わせて唄う。

終わると、

「どうしたんだ、お前が三味線を弾くなんて珍しいな」

与四郎はきいた。

「たまには弾かないと、皮が駄目になってしまいますので」

「何か思い詰めているのか」

時折、考え事があるときに弾くことがあるのを与四郎は知っていた。本人はそんなつもりは毛頭ないだろうが、大抵何かを考えている時だった。そんな時に、何があったのか訊ねると、普段思いもよらなかった小里の考えを知ることになる。

「いえ、そういうわけではありませんが……」

小里は言ってから、

「お前さんを訪ねてきた人がいたんです」

「誰だ」

「盲目の方で、弥三郎さんと仰っていました。十三年前に世話になった弥吉さんの父だとか」

小里は淡々と言う。

弥吉……。

その名前に、与四郎の顔はつい険しくなった。

「思い当たる節でも？」

小里がきく。

「ああ。私を騙した男だ」

「騙した？」

「足柄から江戸に来るときだ。あの男のせいで、どれだけひもじい思いをしたか」

与四郎の声が震える。

だが、弥吉の親が今さら何の用だろうか。

小里をちらりと見た。

「また会いに来るとだけ言って帰って行きました」

小里が告げた。

「何の用事で来たのかも言わなかったんだな」

「ええ」

「そうか……」

与四郎は今さらながら、怒りや悔しさ、そして何とも言えない胸騒ぎを覚えた。

沈黙が流れた。

「それより、お食事にしましょうか」

「そうだな。手を洗ってくる」

与四郎が居間を出ると、廊下に太助がいた。

太助は少し気まずそうに頭を下げる。

「話を聞いていたのか」

与四郎がきいた。

「え、はい」

「大したことじゃない」

「でも、こんなきつい表情の旦那さまを初めて見ました。きっと、何か嫌なことをされた相手なんだろうと」

「そうだな……」

太助には足柄から江戸に来る道中で、職を斡旋(あっせん)してくれる男に金を持ち逃げされたことは言っていなかった。それを言ったところで、太助の役に立つとも思えなかったし、何よりも愚痴っぽくなるのが嫌であった。

「旦那さま、私で出来ることであれば、何でも言って下さい。今度来たら、その弥三郎っていう奴をとっちめてやりますよ」

「止してくれ。悪いのは倅の方だ。親父の方は何もしていない」

「でも、わざわざここに来たっていうことは、何か企んでいるのではないでしょうか」

「そこまではしないだろう」

「だったら、何で来たんでしょうね」

太助が首を傾げた。

それは、与四郎がいくら考えてもわからない。

「また来るだろう」

与四郎があっさりと答える。

「私は心配なんです。旦那さまに言いがかりを付けようとしているんじゃないかって」

「言いがかり?」

「ほら、弥吉っていう男が殺されたみたいで」

「なに、殺された?」

与四郎の声が大きくなった。心配になったのか、小里が部屋から出てきた。「どうしました？」と、きいてくる。

「いや、弥吉が殺されたと聞いたから」

与四郎は小里を振り向いて答えた。

「えっ、そんなこと言っていませんでしたが」

小里が不思議そうに太助を見る。与四郎も太助に目を向けた。

「気になったので、店を出て行った弥三郎を追いかけて、話を聞いてみたんです。そしたら、詳しいことは教えてくれなかったのですが、保土ヶ谷で殺された伜のことでとか何とか言っていたので」

「保土ヶ谷……」

江戸に出てから、弥吉のことは隈(くま)なく捜した。

きき回っていると、日本橋久松町(ひさまつちょう)に弥吉という男がいて、特徴があの弥吉と同じだった。また、その頃博打(ころばくち)で大負けをして、かなりの借金を拵えていたという話もわかった。だが、あれから弥吉の姿を見たという者はいなかった。品川宿で見かけたのが最後だという者もいたが、日付を聞いてみると、足柄に迎えに来る二日前であった。

どこに姿を晦(くら)ましたのか不思議に思いながらも、そのうち商売が忙しくなり、それどころではなくなっていた。

もしや、蕎麦屋で与四郎を置き去りにした後に、殺されていたのだとしたら……。

与四郎は深いため息をついた。太助の言葉も聞き流す程に、弥吉のことに思いを馳(は)せていた。

二

次の日の朝、与四郎は商売道具を担ぎながら、『鶴岡屋』へ顔を出した。又右衛門は店の間に立っていて、すぐに気づいて近づいてきた。

「どうされたんですか」

「ちょっと確かめたいことがあって」

「確かめたいこと？」

「ここでは話しづらいので……」

与四郎が言うと、又右衛門の顔が強張った。

奥の部屋に通された。そこで、向かい合って座ると、「なんでしょう」と険しい表情のまま、又右衛門はきいた。

「昨日、額に傷のある男と会っていませんでしたか」

　与四郎は単刀直入に切り出した。

「いえ」

　又右衛門は短く否定する。

「実はあの後、又右衛門さんが手にしていた木箱をその男が持っているのを見かけたんです」

「木箱を……」

「昨日提げていた木箱です」

「あれはちゃんとありますよ」

「では、違うものだと」

「はい、世の中似たようなものはたくさんありますからね」

　又右衛門がどこか白々しく言う。

「以前にも、うちの太助が旦那と額に傷のある目つきの鋭い男が会っているのを見ました。又右衛門さんがその男に脅されているのではないかと心配なんです」

　与四郎は声を潜めて言った。

「……」

又右衛門は答えない。

「いつもお世話になっているので、お力になりたいんです」

与四郎は真剣な眼差しで言った。

「本当に何のことやら……」

「又右衛門さん」

改まった声で、呼びかける。

「与四郎さんのお気持ちは有難いですが、本当にわからないので」

又右衛門は切ない顔をして、首を傾げた。しかし、何か隠しているのは明らかだった。ただ、これ以上、深くきいても教えてくれないだろう。

「そうですか。私の勘違いですか」

与四郎は軽くため息をつき、

「その男ですが、芝神明町の裏長屋に行ったんです。たまたま、私が少し知っている方のお宅でして、その木箱を置いて行ったそうです」

と、付け加えた。

「木箱を」

又右衛門が声を上げる。

何か考えるような、鋭い目つきになっていた。

「やはり、覚えがあるのではないですか」

与四郎はきいた。

「……」

又右衛門は答えない。

「本当に知らないと？」

「ええ」

相変わらずの答えだった。

与四郎は、それでもさらに続けた。

「木箱には何が入っていたかわかりませんが、受け取った方は中身を教えてくれませんでした。何か隠しているようでした」

「……」

又右衛門は少し沈黙してから、

「ところで、そのひとの名前は？」

と、きいてきた。

「松蔵さんといいます」

与四郎は低い声で答えたが、あまり反応はなかった。隠しているというより、本当に松蔵のことを知らない様子であった。

「松蔵さんは、昔は自分の店を持って商売をしていたのですが、ある日、泥棒が入り、五百両が盗まれました。それで……」

与四郎は続けようとしたが、又右衛門は目を大きく見開いた。

「それから、裏長屋で貧しい暮らしをしています。それでも、娘の嫁入りの費用をこつこつ貯めていたのですが、つい近ごろ盗まれてしまったそうです。あんな貧しい家から金を盗むなんてとんでもない奴です」

与四郎は淡々と語りながら、又右衛門の様子を窺った。又右衛門は、ふと何か思い出したような顔をした。

「又右衛門さん、何か？」

「いや、思い過ごしかもしれない」

「そうですか」

与四郎はそれ以上問いかけずに引き上げた。

三

まるで春のようにほかほかと暖かい昼過ぎのことであった。

客足はそれほど多くなかった。一瞬、また与四郎の悪口を言いふらされたのかと思ったが、近所のどこの店にも客が少なかった。

昼飯でも食べようかと思っていると、千恵蔵がふらりと入って来た。着物は汗のしみができ、砂ぼこりが体に引っ付いていた。

「あっ、親分」

小里は頭を下げて挨拶をした。

「今日はやけに暑いな」

千恵蔵は額の汗を手の甲で拭った。

「汗かいているじゃありませんか。すぐにお水と手拭を持ってきますので」

小里は台所に行き、甕から水を汲み、盥に張った水に手拭を浸して絞った。店の間に戻り、千恵蔵に渡すと、水を一気に飲み干してから、気持ちよさそうに顔や首を拭いた。

「この辺りで何かあったのですか」

小里がきく。

「ああ、ちょっと知り合いを訪ねた帰りだ」

千恵蔵は答えてから、

「それより、この間、弥三郎というじいさんは来なかったか」

と、訊ねた。

「来ました。どうして、それを？」

「実は俺がここを教えたんだ」

「親分が？　あの方は……」

小里の頭の中に、珍しく怒りに満ちた目をした与四郎の顔が浮かんだ。

「おそらく、十三年前、与四郎の金を騙し取った男の父親だろう。俺も何となく、弥吉のことは覚えている。一度、賭場に踏み込んで捕まえたことがあったんだ。ろくでもない奴だったが、唯一親父思いだったことは覚えている」

千恵蔵が遠い目つきになった。

「なんでも弥吉は殺されたとか」

「そうみたいだ」

「下手人はわかっていないんですか」

「ああ。それで、あの親父がずっと捜し続けているみたいだ。もう十年以上も経つ」

「でも、今さらうちのひとを訪ねたところで、下手人は……」

「いや、それがそうでもないかもしれねえ」

千恵蔵が重たい声で言う。

「えっ？」

小里は前のめりにきき返した。

「最近、弥三郎に下手人を知っていると教えてくれた男がいるそうなんだ。そいつによると、重吾という日本橋馬喰町の呉服屋の隠居の世話をしていた男だそうだ」

「重吾……」

「重吾は隠居を殺して、金を持って逃げたような男だ」

「でも、うちのひとから重吾なんていう名前を聞いたことありませんし、おそらく知らないのかと」

「かもしれねえが、下手人を知っていると教えてくれた男によると、重吾を与四郎も知っている」

「本当ですか」

「お前さんだって、知っている」

千恵蔵が堅い表情で言う。

「誰ですか」

小里は恐る恐るきいた。

千恵蔵は少し黙ってから、

「『鶴岡屋』の又右衛門だ」

と、静かな声で告げた。

「え、まさか……」

小里は思わず、開いた口がふさがらなかった。

「俺も俄(にわ)かには信じられねえんだ」

千恵蔵も呟く。

少しの間、沈黙が流れた。

「又右衛門は立派なひとだ。そんな過去を持つとは到底思えねえが……」

「でも、親分は疑っているのですか」

「正直に言うと、少しはな」

千恵蔵が心苦しそうに頷いた。

「どうしてですか。あの方を疑う理由なんてあるのでしょうか」

　小里がきく。

「又右衛門に関してはよくわからないことが多い。信州の生まれだと言っていたが、信州のことはあまり詳しくなかったから、嘘かもしれねえ。そもそも『鶴岡屋』に来る前のことをほとんどの人が知らない。ただ、『鶴岡屋』の先代が又右衛門を気に入り、娘と一緒にさせて代を継がせた。もちろん、先代の目はちゃんとしていて、又右衛門のおかげで『鶴岡屋』もかなり繁盛している。だが、やはり過去のことがどうしてもわからねえことが気になるんだ」

　千恵蔵がため息をついた。

「だからといって、又右衛門さんが重吾という男だという証にはならないではありませんよね」

「そりゃ、そうだが、あいつの目に狂気を感じることもあるんだ」

「どういうことですか」

「人を殺したことがある目をしているんだ。ずっと気になっていた。それから、若い頃に馬鹿をしていたのか、鯉が刀を呑み込んでいる絵の珍しい彫り物を背中にしている。二十年くらい前、知り合いの彫師が同じ絵を彫ったことがある。その男の特徴をきくと、どうも重吾と又右衛門が重なるんだ」

千恵蔵は堰を切ったように言った。

それでも、小里はまだ信じがたかった。

「俺もまだ信じられないんだ。だから、与四郎に聞いてみようと思って」

千恵蔵が言って、引き上げた。

廊下の奥からガタンと物音がした。

振り返ると、太助だった。

「聞いていたのですか」

小里はきいた。

「はい」

太助は小さく頷いてから、

「旦那さまにはこのことをお伝えするのですか」

と、きいてきた。

「当たり前です」

「『鶴岡屋』の旦那が、本当に重吾という人なのでしょうか」

「お前はそんなことを信じるのですか」

「親分がそう言っていますから」

「証拠がないのに、決めつけちゃいけませんよ」

　小里は言い付けた。しかし、ずっとそのことが気になりながら、店仕舞いまで商いをしていた。

　宵の口になって、与四郎が帰って来た。随分疲れているような顔をしていた。

「また今日も額に傷のある男のことで？」

　小里が何気なくきいた。

「そうだ。相変わらず、又右衛門さんは知らないと言い張る。それで、近所で額に傷のある目つきの鋭い男のことを聞いてみると、大名の下屋敷の中間部屋の賭場にたまに顔を出していると言っていた」

「まさか、そこへ行くんですか」

「いや、私は別にそんなことまでしない。ただ、又右衛門さんが心配なだけだ。明日にでも、千恵蔵親分のところに行って来ようかと思う」

　与四郎が渋い顔で言った。

「あの……」

　千恵蔵という名前が出てきたので切り出そうとした。

「なんだ？」

「その親分が、昼頃やって来たんです」

「何の用だった？」

「この間、やって来た弥三郎という男のことです」

「ああ、弥吉の親父か」

与四郎は頷いてから、

「まさか、親分が弥三郎に私のことを言ったのか」

「そうみたいです」

「なるほど。これで、少しは説明がつく。親分には足柄から江戸に来るまでのことを伝えてある。弥三郎とは、どこかで会って、私のことを話したのだろう」

与四郎は大きく頷きながら答えて、

「だが、弥吉が殺されたことについては全く知らない」

と、不思議そうに腕を組む。

「ところが、弥三郎は下手人と思わしき男のことを誰かから聞いたみたいなんです」

「なに」

「その男の話では、重吾という日本橋馬喰町の呉服屋の隠居の世話をしていた者で、隠居を殺して金を持って逃げたそうで」

「重吾、知らないな」

与四郎は首を横に振る。

「それが、重吾は『鶴岡屋』の旦那だと言われたようで」

「まさか、又右衛門さんが？」

与四郎はあり得ないという具合に鼻で笑った。

「親分も本当に又右衛門さんが重吾なのか疑っているんです。それで、お前さんに話を聞こうと思って来たそうで」

「……」

与四郎は深い眼差しになった。

あんなにいいお方が、まさか人殺しだなんて言われて、素直に信じられるはずはない。

しばらく腕を組んで考えていたが、

「ちょっと、親分のところへ」

与四郎は店を出た。

少し行ったところで、永代橋の方から千恵蔵が歩いて来た。

「親分、ちょうど伺おうと」

「小里さんから聞いたんだな」

「ええ」

「お前さんの話を聞かせてくれ」

「では、うちまで」

ふたりは『足柄屋』に戻った。

四

ひとつしかない客間で、千恵蔵は与四郎と向かい合っていた。隣には、小里が座る。

与四郎は小里を外して話をしようとしたが、千恵蔵が小里にいるように指示した。

「昔のことを思い出させて悪いが」

千恵蔵は前置きをしてから、

「まず、江戸に来るとき、重吾らしい男とは会ったことないか」

と、確かめた。

「ええ、わかりません。保土ヶ谷まで弥吉と一緒にいましたが、途中弥吉の知り合いと会う事もありませんでした。ただ、東海道から外れてしまい、夜も遅かったので、一晩だけ近くにあった家で厄介になったことがあるくらいです。でも、その家の主人が重吾ではないでしょう」

与四郎は首を横に振り、

「弥吉が殺されていたことすら知りませんでした」

「弥三郎の話だと、重吾と弥吉は江戸で顔見知りだったらしい」

千恵蔵は言ったあと、ふと思い出したように、

「そういえば、お前さんは本当に地蔵さんが話したと思っているのか」

「それはないかもしれないですけれども、私の耳には確かに聞こえたんです」

「その時の情景をもう一度教えてくれ」

「ええ、弥吉に逃げられ、とぼとぼと江戸に向かっている途中で、突然雨が降って来ました。近くにあった地蔵堂で雨宿りをしていると、二朱が置いてありました。その時に、お地蔵さんが取っていけといったんです」

「その二朱は最初からそこにあったのか」

「最初は気づきませんでした」

「誰かが置いたのか」

千恵蔵は何かを考えるような顔つきをした。

「金を盗んだ弥吉を相当恨んでいるんだろうな」

「はい、今でもあの時のことを考えると、信じていた人に裏切られたことが悔しくなります」

「弥吉は殺されて当然の報いだと思うか」

「いえ、そこまでは……。弥吉にも止むに止まれぬ事情があったかもしれないと今では思うようになりました」

与四郎は顔の表情ひとつ変えずに答える。

「弥吉は当時、博打ですって、借金を拵えていたんだ」

「そうですってね。ところで、親分は又右衛門さんのところに確かめに行っていないんですか」

「会いには行った。弥三郎の言ったことを知らないと言っていたが……」

「まあ、そうですよね」

「だが、何があったのかわからねえが、あいつはひどく何かで頭を悩ませているようだった。それが弥三郎のことだとしたらな」

千恵蔵が言う。

与四郎は、はっとした。

それを見逃さなかった。

「なんだ」

千恵蔵はすかさずきいた。

「いえ、つい先日のことです……」

与四郎は、又右衛門が額に傷のある目つきの鋭い男と会っていたことを話した。そして、その男が又右衛門から受け取ったであろう木箱を芝神明町の裏長屋に届けたことも説明した。

「芝神明町の裏長屋か」

「ええ、松蔵さんという方で。松蔵さんも正直に答えてはくれなくて。私の見立てでは、又右衛門さんは額に傷のある目つきの鋭い男に脅されたのではないかと思っています」

「木箱に入れるとしたら……」

金だろうか。だとしたら、弱みを握られたのだろう。その弱みというのが、まさに十三年前の殺しではないのか。

では、松蔵というのは何者なのだろうか。

又右衛門を脅している男を操っているとでもいうのか。

「ちょっと、松蔵のところまで案内してくれねえか」

千恵蔵が重たい声で言った。

「ええ、もちろんです」

ふたりは『足柄屋』を出て、近くの駕籠屋に行き、駕籠で芝神明町まで急いだ。

もうすっかり夜になり、どこからか犬の遠吠えが聞こえてきた。辺りは呑み屋もないので真っ暗で閑散としていた。

「こちらです」

与四郎の案内で長屋木戸をくぐる。

どこの家々からも灯りが漏れている。

一番奥の家の前に立ち、

「松蔵さん、入りますよ」

と、与四郎が声をかけた。

腰高障子を開けると、白髪交じりで痩せた男と、まだ顔に幼さは残っているが、目鼻立ちの整っている若い女が焼き魚と白米を食べているのが見えた。

与四郎が土間に入り、続いて千恵蔵も足を踏み入れる。

「すみません、お食事中のところを」

与四郎が詫びを入れると、松蔵は急いで口の中のものを呑み込んで、箸をおいて立ち上がり、土間に下りてきた。

娘は心配そうな顔で見ている。

さっき話に出た木箱を目で探したが、それらしきものは見当たらなかった。

「千恵蔵親分です」

与四郎が紹介する。

「元岡っ引きだが、今はのんびりと暮らしている。ただ、ちょっと気になることがあってな」

千恵蔵は松蔵をまじまじと見つめた。

正直そうな、真っすぐな目をしていた。そして、不安なのか目が泳いでいた。

「与四郎から先日の木箱のことは聞いた」

そう前置きをしてから、

「あれには一体何が入っていたんだ」

と、きいた。

「……」

松蔵は下を向いて、言いにくそうに顔をしかめる。

「お父っつあん、正直に言ったほうがいいわよ」

娘が口を挟んだ。

松蔵は娘を振り向き、小さく頷いた。

それから、顔を戻す。

「親分、与四郎さん、私は何も悪いことはしていません」

「お前さんの目を見りゃ、わかる。で、何が入っていたんだ」

「五百両です」

松蔵は小さな声で答えた。

「五百両？」

千恵蔵と与四郎の声が重なった。しかし、千恵蔵があまりの額の大きさに驚いたのに対し、与四郎は何か閃いたような声の調子であった。

「松蔵さん、たしか昔商家をしていた時に盗まれたのが五百両でしたよね」

与四郎が身を乗り出すようにきいた。

「はい」

松蔵は頷く。

「もしや、その五百両と、木箱に入っていた五百両は……」

千恵蔵が言うと、

「ええ、あの時の金だと言っていました。額に傷のある方の知り合いが昔、私のところに盗みに入ったようで。何故か今になって返したいと言い出して」

松蔵は諦めたように答えた。

「その男の知り合いってことは……」

与四郎が呟いた。

なんとなく、考えていることはわかった。又右衛門がその時の盗人だったと思っているのか。

与四郎は、目を合わせてきた。

「返してもらった五百両はどうしたんだ」

千恵蔵はきいた。

「手を付けていません。恐かったので、床下に」

松蔵が四畳半の中心あたりを指で示した。

「見せてもらってもいいか」

千恵蔵が言うと、松蔵は素直に畳を上げて、床下から木箱を取り出した。

開けてみると、びっしりと小判が詰まっていた。

「本当にまったく使っていないんだな」

千恵蔵が独り言のように言う。

「はい、もしこれが盗んだ金であったら恐いので」

「親分。松蔵さんは先日空き巣に入られて娘さんのために貯めた嫁入りの資金を盗まれたんです」

与四郎が言った。

「なに、二度も盗みに入られたのか。で、その空き巣は？」

「まだ、捕まっていないようです」

松蔵はやり切れないように答える。

「そうか。それは災難だったな。それなのに、この金さえあれば、もっといい暮らしが出来ると思わなかったのか」

「思いましたが、こんな貧乏長屋に住んでいる者が、小判を持っていたら、それこそ捕まってしまいそうで。私のことはどうでもいいのですが、娘にまで迷惑を及ぼしてしまうので……」

松蔵が複雑そうに言った。

「それもそうだ」

千恵蔵は大きく頷きながら、冷静に判断できる松蔵のことに感心していた。

金は人を狂わせる。

金に困っているというのに、目の前にある金を使おうとしないなんて、並みの人間にはできない。

「このことは、俺が責任を持って解決する」

千恵蔵は松蔵の肩に手を置いた。

松蔵はどこか不安な目をしている。

「親分のことは信頼してください」

与四郎が横から加えた。

「わかりました。それでは、お願い致します」

松蔵は頭を下げた。

顔を上げた時には、心なしか安堵（あんど）したような表情であった。

「じゃあ、一旦（いったん）預かっておくぞ」

千恵蔵は木箱を手に取り、与四郎と共に家を出た。

長屋木戸を出ると、

「俺はこれから、手下だった岡っ引きの新太郎のところを訪ねてみる。お前さんはどうする」

千恵蔵はきいた。

「私はこのまま帰ります。いや、又右衛門さんに……」

考えあぐねている様子であった。

「又右衛門が重吾だと確信したのか」

「いえ、そこまでは……」

与四郎が首を傾げ、

「まだ引っ掛かるんです」

「何がだ」

「額に傷のある男の言うことだと、盗みに入った知り合いが金を返したいから、代わりに来たってことですよね」

「ああ」

「私は、又右衛門さんは脅されていると思っています。もしも、又右衛門さんが盗んだとしても、額に傷のある男がわざわざ返すというのが納得いきません」

「たしかに、そうだな」

「何か裏があるのでしょうか。それとも……」

与四郎は語尾を濁した。

「ともかく、一番は額に傷のある男を捜すことだ。そうすれば、又右衛門との関係やどうして金を松蔵に返したのかもわかるだろう」

千恵蔵は淡々と言った。

それから、ふたりは別れた。

千恵蔵はその足で、駒形町にある蕎麦屋に顔を出した。

見渡したが、新太郎の姿はなかった。店の者にきいてみると、「ついさっきまではここにいたんですが」と言われた。

それから、近くの居酒屋を捜すと、三軒目に訪ねたところに新太郎はいた。

ひとりで酒を呑んでいるようであった。

「新太郎、ちょっといいか」

千恵蔵は新太郎の隣に腰をかけた。

「親分、どうされたんです？　娘さんのことで何か？」

新太郎が心配そうにきく。

「いや、娘のことじゃねえ」

「珍しい」

「昔、松蔵っていう男が商いをしていた店から五百両が盗まれた。その五百両が今になって返って来たんだ」

「どういうことです?」

新太郎が急に岡っ引きの目つきに戻る。

「理由はわからないが、返しに来たんだよ」

「その男の名前は?」

「わからねえ。だから、お前さんに聞きたいんだ」

「そうですか。で、どんな特徴で?」

「額に傷があって、目つきの鋭い四十四、五くらいの男だ」

「それ以外に特徴は?」

「俺も直接見たわけじゃないから、わからねえ。ただ、手掛かりはこれだ」

千恵蔵は木箱を渡し、

「そっと見てくれ」

と、周囲を気にしながら言った。

新太郎が気を付けながら、中身を確かめた。

「これが五百両？」

「ああ」

「この小判の出どころを調べればいいんですね」

「そうだ」

さすが、新太郎のことだけあって、話が早かった。

「こんな大金を預かったんじゃ、ここでうかうかと呑んでいるわけには行きませんね」

新太郎は腰を上げる。

「待て、もうひとつある」

千恵蔵は呼び止めた。

「はい？」

新太郎は座り直した。

「この木箱を額に傷のある男に渡したのは、深川の鶴岡屋又右衛門だ」

「又右衛門？　どうして、あの人が？」

「確かなことではないが、又右衛門は元は重吾と名乗り、保土ヶ谷の宿の外れで弥吉という男を殺して金を奪った」

「又右衛門がそんなことを……」

普段冷静な新太郎が珍しく驚いていた。

「いや、わからねえ。ただ、その話をしたのも、額に傷のある男ではないかと思うんだ。五百両はその男が又右衛門を脅して取った金かもしれない。そうだとしたら、どうして脅し取った金を松蔵に渡したのか」

「松蔵が黒幕なんじゃないですか」

「だとしたら、正直に話さないだろう」

「でも、親分のことですし、向こうは逃げようにも逃げることが出来なかったとか」

「いや、あの松蔵という男はそんな男に見えない」

「又右衛門さんもそんな風には見えないじゃありませんか」

「まあ、そうだが……」

言い返す言葉がなかった。

「松蔵は近ごろ娘のために貯めていた金も盗まれたそうだ」

「届けは出したのですか」

「ああ、出したようだが、まだ捕まっていないようだ」

「そうですか。あの辺りなら、甚吉親分のシマですね。ちょっと、明日にでもきいてみます」

新太郎が意気込んで言ってから、

「でも、親分も何か隠していることはありませんか」

と、きいてきた。

「何を疑うんだ」

「本当に小里さんが絡んでいないんですか」

新太郎の目は鋭かった。

「少し絡んでいる」

千恵蔵は諦めたように答えた。

「やっぱり」

「小里というより、その亭主だ」

「与四郎が？」

「ああ、重吾に殺された弥吉は、与四郎を江戸に連れていく途中だった。弥吉は与四郎から金を盗んで、その後に重吾に殺されたんだ」

「なるほど。少しは関わっていますが、別にだからと言って、娘さんと与四郎の身に何か起こるわけではなさそうじゃありませんか」

「そうだ。だから、別に言う必要はなかったんだ」

千恵蔵が答える。

「親分、年々、小里さんに対する心配が増しているんじゃありませんか」

新太郎が改まった声できいた。

「そんなことはない」

千恵蔵は即座に否定する。

「でも、そうじゃないですか。昔なら遠くで見守っているだけでしたのに、今ではちょっとしたことでも助けようとして」

「父親として当然のことだ」

「それなら、いっそのこと、父親だと明かせばいいじゃないですか」

新太郎は当然のように言う。

「それはできねえ」

「どうしてです？」

「あいつが悲しむ」

「あいつって、小里さんのことですか？　それとも、母親の方で？」

「……」

千恵蔵は答えなかった。

気まずい空気になる前に、立ちあがり、

「小里の事は誰にも言うんじゃないぞ」

と、念を押して居酒屋を出て行った。

五

夜のことであった。与四郎は『鶴岡屋』の前まで来ていた。もちろん、千恵蔵が言っていたことを、又右衛門にもう一度確かめたかったのだ。しかし、なかなか『鶴岡屋』に踏み入ることは出来なかった。

あれから、弥三郎が再び訪ねてくることはなかった。

何もできないまま、与四郎がただ『鶴岡屋』の辺りをぐるぐる歩いていると、裏の方で人の声がする。

「これで、もうお前と会う事もないだろう」

野太い声がした。

「秀次郎、本当だな」

又右衛門の声だった。

それから、しばらくすると、ふと目の前に黒い影が映った。照らしてみると、額に傷のある目つきの鋭い男の顔が映る。

「あっ、お前さんは」

与四郎は思わず声を上げた。

「なんだ、いきなり」

男は手で払いのけるような仕草をした。

「俺を知っているのか」

「私はあなたが何者なのかは知りません。ただ、又右衛門さんから五百両の入った木箱を受け取って、それを芝神明町の松蔵さんに渡した。それだけしか知りません」

「……、見られちまっていたか」

「どういうことなんです？　又右衛門さんが昔、五百両を盗んだのですか」

「又右衛門、ああ、そうだ」

秀次郎は頷いた。

「あの又右衛門さんが……」

与四郎は絶句した。

「お前さんはあいつのことを知らないだけだ」

「えっ」

「あいつは人殺しだってしている」

「人殺し……」

弥吉のことが浮かんだ。

「それもふたりも殺している」

さらに、付け加えた。

隠居と弥吉のふたりか。

「今では善人面をして、周りから慕われているなんて、昔のあいつを知っている俺からしたら、くそくらえだ」

秀次郎が吐き捨てるように言った。

「あの方はそんな方ではありません。本当に困っている人がいれば、手を差し伸べてくれる方です。私はまだ出会ってから短いですが、あんなに親切な方がいるのかと思いました」

「お前も騙されているだけだ。いってえ、何をしてもらったんだ」

「一月前のことです。深川祭りの時に、うちの小僧がある大店の娘を連れていました。その時に、運が悪かったのか悪そうな奴らに絡まれたんです。それを助けてくれたのが又右衛門さんです」

「助けるっていったって」

秀次郎は小馬鹿にするように言った。

「それだけではありません」

与四郎が強く言うと、秀次郎が片眉を上げた。

さらに続ける。

「小僧が一緒に連れていた娘の父親が、娘が危ない目に遭ったことで私を恨んでいたんです。それで、方々で悪口を広めていて。それを止めてくれたのが、又右衛門さんなんです」

与四郎は真っすぐな目で言った。

「どうせ、自分の評判を上げるためだろう。そうでもしないと、自分の本質を見抜かれてしまいそうで、こわいんだ」

秀次郎が決めつける。

「違います」

与四郎は即座に否定する。

「いや、そうだ。俺だって、たいてい悪いことをしてきたが、あいつのようにふたりも殺してはいねえ」

「本当に又右衛門さんが殺したのですか」

「ああ、違いねえ」

秀次郎は、にたりと笑う。

「これは他人から聞いた話ですが、又右衛門さんは贅沢をしません。決して、遊び惚けるということもありません。店こそ大きいものの、又右衛門さんの部屋は小僧や女中たちと同じ小さい部屋です。自分の部屋は茶室よりも狭いです。人間畳一畳と米三合あったら暮らしていけるというのが信念だそうです。毎日、誰よりも早起きして、小僧や女中たちと一緒に掃除をして、決して怒ることなく、困っているひとがいれば、どんな者でも話をききに行ってあげ、辛い目に遭っているひとがいればなりふり構わず助けてあげる。弱い者を助けて、偉そうにしている人には言い返す。誰もが憧れるような人なんです」

与四郎は精一杯の心を込めて言い、

「もしも、五百両を盗んだのだとしたら、相当な理由があるはずです」

と、付け加えた。

さっきまで高を括るような顔をしていた秀次郎の顔が、急に真面目になった。

考え深げに、

「あいつはそこまで……」

と、小さな声で呟いた。

「あなたも又右衛門さんのことを脅かそうとしたなら、せめて近所の人たちの評判くらいは聞いているでしょう。又右衛門さんがいかに立派な方か、わかるはずです」

与四郎は念を押すように言った。

「そうか、全部本当だったのか。まさか、ほんとうに改心していたとは……」

秀次郎は厳しい顔で口を閉ざした。与四郎は秀次郎の突然の変化にとまどった。秀次郎はじっと考え込んでいる。

やがて、秀次郎は意を決したように顔を上げた。

それから、改まった目で与四郎を見る。

「たしかに、松蔵から五百両を盗んだのはこの俺だ」

秀次郎が重たい口調で言う。与四郎は呆気にとられた。

「ある日、芝神明町の神社でみすぼらしい男が必死に拝んでいるのを見かけた。それで、つい気になって男に声をかけてみたんだ。そしたら、何でも十何年も前に五百両が盗まれたのを機に貧乏になっちまって、ついこの間も娘のために貯めていた金も誰かに盗まれたと言っていたんだ。人生で二回もそんな目に遭っているのは、なんて可哀想な奴なんだろうと同情して思わず一両渡しちまった。しかも、十何年前の盗みは俺の仕業だ。俺が五百両を返してやろうと思ったまでのことだ」

　秀次郎は区切ってから、さらに続けた。

「でも、俺だってそんなに金持ちじゃねえ。そこで、今は羽振りがよく、周りから慕われている鶴岡屋又右衛門、いや重吾を脅そうと考えた。脅すとなりゃ、隠居殺しと保土ヶ谷の殺しだ。隠居殺しは誰も見ている者はなく、誤って転落して死んだのかもしれないとさえ思われている。てことは、保土ヶ谷の殺しの件で脅そうと考えた。あの殺しも目撃した者はいなかったが、殺された男の親父が下手人を捜しているというのを品川の方の賭場で聞いたんだ。それで、偶然を装って、弥三郎に会ってみた。その時、こいつを使えば、又右衛門も金を払わざるを得ないだろうって感じた」

「弥吉さん殺しに目撃した者はいなかったのに、どうして又右衛門さんの仕業と思ったんですか」

「倉賀野にいたとき、又右衛門は扇子を落とした。俺はそれを拾って持っていた。その扇子が弥吉殺しの現場に落ちていたと嘘を言ったのだ」

「そうですか」

辺りはしずまり返っていた。

与四郎は聞き入っていた。

ようやく、秀次郎のやろうとしていたことが納得できた。それと同時に、秀次郎のような悪人でさえも、人の心が宿っているのだと思った。

「松蔵さんは、あんな金を使えないで困っています。もしも、盗まれた金だとわかったら大変だし、松蔵さんが小判なんか持つことができるはずがないからです」

与四郎は教えてやった。

「言われてみれば、そうだな」

秀次郎は顔をしかめる。

「それに、あの金の出どころを千恵蔵親分が調べています」

「だが、親分が岡っ引きだったのは昔のことだ。今さら調べたところで」

「いいえ、元々千恵蔵親分の下にいた新太郎親分の力も借りるそうです」

与四郎はそう言いながら、もしもあの金の出どころが又右衛門のところだとわかると、過去のことまで全て暴露され、又右衛門は捕まることになるのではないかと思った。

秀次郎を見遣ると、何か深く思いつめるような目つきであった。

「あなたの話を信じたくはありませんが、百歩譲って、又右衛門さんが保土ヶ谷での殺しの下手人だとしても、あの方がいなくなれば困る人がいます。それに……」

さらに続けようとしたが、

「わかってる」

秀次郎は遮って、与四郎に背を向けて歩き出した。

「逃げるんですか」

与四郎はきく。

「違う。千恵蔵親分のところだ」

「千恵蔵親分のところ？　何しに？」

「……」

そこまでは答えなかった。

与四郎も秀次郎の後を尾いて行った。どこか不安が消えなかった。

六

与四郎と秀次郎は今戸神社の裏手にある千恵蔵の家までやって来た。途中で、与四郎が何をきこうと、秀次郎は答えなかった。

裏手から回り、勝手口を開けた。

「千恵蔵親分」

秀次郎が響く声で呼ぶ。

すぐに、千恵蔵がやって来た。

「与四郎。それに、お前さんは……」

千恵蔵はすぐに誰だかわかったようであった。

「親分、この人が何か言いたいことがあると」

与四郎が告げる。

「あの五百両のことでか」

千恵蔵が秀次郎をじっくりと見る。

「そうです。あの時のことを正直に話します」

秀次郎はさっきまでとは違い、妙に凛々(りり)しい顔つきになっていた。

千恵蔵は顎(あご)をくいと遣り、話して見ろと言わんばかりであった。

「実は十数年前、松蔵の家に五百両を盗みに入ったのはあっしです。以前、神社であまりにも長い間拝んでいる松蔵を見かけ、話をきいてみると、どうやらあっしのやったことだとわかりました。金を盗んだせいで、店は潰(つぶ)れ、内儀さんは病気になっても金がないために医者にも見せられず、そのために亡くなってしまいました。その話を聞いて胸が痛んだんです。それで、松蔵に返すために五百両を鶴岡屋又右衛門から脅し取った次第です」

秀次郎が淡々と話す。

「又右衛門を脅したんだな」

千恵蔵は確かめる。

「ええ」

秀次郎は頷いた。

「どうして、又右衛門はお前に五百両も払ったんだ」

「それは……」

秀次郎が口を開こうとするのを、

「又右衛門さんは何も悪いことはしていません」

と、与四郎はつい口を挟んだ。

「お前は黙ってろ」

秀次郎がきつい声で注意してから、

「昔、東海道、保土ヶ谷宿の外れで殺しがありました。弥吉という男でしたが、そいつが金を持っていたので、あっしが殺したんです。そして、いかにも重吾、というのは又右衛門の昔の名前ですが、あいつがやったように思わせたんです。だから、あいつは無実にも拘らず、変に疑われると嫌だから、五百両を払ったのでしょう。あんなに儲けているので、五百両なんて大したことはないですぜ」

と、振り切ったように言った。

与四郎はそれを聞いていて、茫然としてしまった。

一瞬、何を言っているのかがわからなかった。

「じゃあ、弥吉殺しはお前さんがやったというんだな」

千恵蔵も驚いたように訊ねる。

「間違いございません」

秀次郎は頭を深々と下げた。

「どうして、そんなことを今さら」

「この男と話していて、気づいたんです。誰かをはめるのはよくねえなって」

「本当に、そう思ったのか」

「ええ」

秀次郎は快く頷いた。

「わかった。反省して、罪を認めるのは偉い」

千恵蔵が未だに納得できないような言い方をして、

「又右衛門、いや重吾というのは昔どういう男だったのだ」

と、きいた。

どうして、そこまで聞くのだろうと、与四郎は疑問に思った。仮にここで悪く言われたら、どうするのだろうか。

冷や冷やしていると、

「昔から人のために動く奴でした」

秀次郎が言った。

「昔から？」

「ええ」

「なんでも隠居を殺したとかいう噂もあるようだが」

「それも、あっしが言いふらしただけです」

「お前さんが殺したのは弥吉だけか」

千恵蔵が確かめる。

「……、はい」

一瞬躊躇(ためら)ってから、秀次郎が頷いた。

「五百両を盗み、さらに殺しまで認めた。死罪になることがわかっていながら、今さら打ち明けようとした心情は何だ」

千恵蔵が不思議そうにきく。

「さっきも申しました通り、誰かをはめるのはよくねえなと思ったからです」

秀次郎はぶれなかった。

「本当に、お前の仕業なんだな」

もう一度、千恵蔵が確かめた。

「ええ、あっしの仕業です」

秀次郎が大きく頷いた。

与四郎は何と声をかけていいのかわからない。ただただ、唖然(あぜん)としていた。

「親分、あっしを捕まえてください」

秀次郎が両手を差し出した。

「俺はもう岡っ引きじゃねえ」

千恵蔵が首を横に振ってから、

「新太郎のところに連れていってやる。与四郎、お前も来るか」

と、きいてきた。

「ええ」

与四郎は考えもせずに、一緒に行くことを選んだ。

それから、四半刻も経たない頃、三人は新太郎の家に来ていた。新太郎は女房が料理屋を営んでいて、自宅はその二階にある。

覗いてみると、もう夜も遅いからか、客が疎らであった。

店の正面から入るのは避けて、裏口に回った。そこで、千恵蔵が新太郎の名前を呼んだ。

すぐに二階から階段を伝う足音が聞こえてきた。

そして、新太郎がやってきた。

「親分、与四郎、それにお前さんは……」

新太郎は首を傾げる。

「こいつがお縄になりたいって言っているんだ」

千恵蔵は秀次郎の背中を押した。

「昔のことですが、あっしは五百両を盗み、それからひと殺しもしました」

秀次郎が口を開く。

すると、千恵蔵が与四郎を見た。

口には出さないが、帰るぞと言っているような目つきであった。

千恵蔵は秀次郎を新太郎に託した。

与四郎と千恵蔵は新太郎の家を出た。

それから半刻後、ふたりは『鶴岡屋』にやってきた。女中に取り次ぎを頼み、又右衛門に出てきてもらった。

「こんな夜分、すまねえ。ちょっと、確かめたいことがあるんだ」

「なんでしょう」

「さっき、秀次郎がお前から五百両を脅し取ったことを認めた。そればかりでなく、昔、保土ヶ谷宿の外れで、弥吉を殺したのも自分だと白状した。秀次郎はお前の仕業にしようとしていたという。これで、間違いないな」

千恵蔵は優しい眼差しで言った。

「えっ、秀次郎がそんなことを言っていたのですか」

又右衛門は驚いて、

「違います。弥吉を殺したのは、私なんです」

「いや、そんなはずねえ」

「本当です。保土ヶ谷宿の外れで、弥吉とばったり会ったんです。そのとき、弥吉は私の秘密を知っていると思い、口を封じるために殺してしまったんです」

「秀次郎はそんなことは言っていない」

「それが証拠に、殺しのあと、品川宿の手前で雨が降って来たので近くの地蔵堂で雨宿りをしました。そこに、金もなさそうな小僧もやってきたので、身を隠していました。地蔵さんに拝んでいたので、可哀想になって、二朱をそっと置き、小僧が迷っていたので取っていけと囁いたんです。その小僧がこの与四郎さんだ。これが私が保土ヶ谷にいた証拠です」

又右衛門が悔い改めるように打ち明けた。

千恵蔵が与四郎を見る。

「いや、あれはお地蔵さんの声でした。又右衛門さんは秀次郎を庇うために、私の話を利用したに違いありません」

　与四郎は言い切った。

「これで話はわかった。あとで、新太郎っていう岡っ引きが事情をききに来るかもしれないが、秀次郎を庇おうとするんじゃねえぞ」

　千恵蔵は言い付けた。

「親分さん……」

　又右衛門さんは涙を拭って、頭を下げた。

　与四郎と千恵蔵は、『鶴岡屋』を後にした。

　生暖かい風を受けながら、

「まさか、秀次郎が罪を背負うとは……」

　与四郎が呟いた。

「俺にはあいつの気持ちがわかる気がする」

　千恵蔵は答える。

「わかるんですか？」

「ああ、心のどこかで又右衛門のようになりたいと思っていたんだろう」

　千恵蔵は夜空を見上げて言った。

そして、思い出したように、

「弥三郎には俺から秀次郎が倅を殺した下手人だと伝えておく」

と、言った。

与四郎はどこか清々(すがすが)しい気持ちであった。


翌日の夕方過ぎ、『足柄屋』へ帰る途中、両国橋を深川の方に渡り切ったところで、

「与四郎」

と、横から声を掛けられた。

誰かと思って振り向くと、岡っ引きの新太郎であった。

「親分、あのことですか」

与四郎はきいた。

「ああ、お前さんのお陰で、全てが解決した」

新太郎が笑顔で言う。

「といいますと?」

「松蔵の娘の金のことだ。猿江町のやくざ者が盗んだのがわかった。それで捕まえたんだ」

「そうだったんですか。じゃあ、その金は松蔵さんに戻って来たんですか」

「いや、相手は金を使い果たしちまったんで、もうないんだ。残念だが、その金はもう返って来ねえ」

「そうですか」

与四郎が少し肩を落として言い、

「でも、五百両については？」

と、きいた。

「さっき、又右衛門に確かめに行ったら、秀次郎から脅されて金を出したことを認めた。又右衛門は秀次郎の気持ちを察して五百両は又右衛門から松蔵に渡すことになった」

「よかった。これで、あの人も少しは救われるんですね……」

与四郎は、松蔵のみすぼらしい姿を思い浮かべながら、つい涙が出た。

「おい、泣くまではねえだろう」

新太郎が笑った。

「嬉(うれ)しいんです。こつこつやってきた人が報われない世の中なんて悲しいですから」

与四郎は涙を振り切って言った。

新太郎はそれだけ告げると去っていった。

『足柄屋』へは直接戻らず、『鶴岡屋』へ向かった。

暮れ六つを過ぎているのにも拘らず、まだ客がいた。暖簾の隙間から覗いていると、又右衛門と目が合って、外に出てきてくれた。

「与四郎さん」

どこか複雑な表情であった。

おそらく、秀次郎が全ての罪を背負ってくれたからだろう。

与四郎はそんなことを知らない様子を見せようと、

「特に用はないのですが、又右衛門さんがお忙しくなければ、軽く一杯呑みたいなと思いまして」

「ありがとうございます。でも、今日は遠慮しておきます。また今度やりましょう」

「ええ、では今度」

与四郎は笑顔で別れた。

又右衛門にとっても、良い終わり方になった。そう思えた。

『足柄屋』に帰り、居間へ行くと、いつもと変わらぬ様子の小里と太助がいた。だが、今日はどことなくふたりとも嬉しそうな顔をしていた。

「どうしたんだ」

与四郎がきく。

「太助がね、お絹ちゃんと会えたんですって」

小里が言った。

「ということは、『丸醬』の旦那が許してくれたのか」

「ええ」

「それにしても、どういう風の吹き回しなんだろうな」

与四郎が首を捻ると、

「向こうの旦那も勘違いしていたみたいですよ。太助のことを」

「そうか。まあ、勘違いがなくなってよかった」

与四郎が腰を下ろしながら言う。

「旦那さまが毎日行けば、きっと許してくれると教えてくれたからです。ありがとうございます」

太助が頭を下げる。

「ああ、どんな人間でも気持ちを変えることができるんだ」

秀次郎のことを思い浮かべながら言った。だが、太助に近づいた女のことはどうなったのか。それをきこうと一瞬思ったが、お絹と会えたということはその女を忘れたのだろう。一時の気の迷いは誰にでもある。

「さあ、食事にしましょう」

小里が膳と酒を運んで来て、

「お前さんも何か嬉しいことがあったんですか」

と、笑顔できいた。

「実は松蔵さんという方がいてな……」

与四郎は又右衛門のことを出さずに話した。

「十数年前に盗まれた金が戻ってくるなんて、すごいですね」

太助は驚いたように言い、

「やはり、人として心を持っているならば、どんな時でも改心することもあるんですね」

小里がしみじみ呟いた。

今日は本当に良い一日だ。

そう思いながら、酒を呑んでいると、

「すみません」

と、勝手口の方から女の声がした。

太助の顔が急に強張った。

小里が立ち上がろうとしたが、

「私が行く」

与四郎が勝手口まで出て行った。

そこには、太助と会っていた女が立っていた。

「何の御用で？」

与四郎は低い声できく。

「いえ、太助さんを呼んでいただけますか」

女は妙に艶めかしい声で言った。

何かが起こりそうな予感がする。嫌な胸騒ぎがして仕方がなかった。

本書は時代小説文庫（ハルキ文庫）の書き下ろし作品です。

こ 6-40

情け深川 恋女房

著者　小杉健治
2022年9月8日第一刷発行

発行者　角川春樹

発行所　株式会社 角川春樹事務所
〒102-0074 東京都千代田区九段南2-1-30 イタリア文化会館

電話　03(3263)5247[編集]　03(3263)5881[営業]

印刷・製本　中央精版印刷株式会社

フォーマット・デザイン&シンボルマーク　芦澤泰偉

ISBN978-4-7584-4459-0 C0193　
http://www.kadokawaharuki.co.jp/[営業]
fanmail@kadokawaharuki.co.jp[編集]　ご意見・ご感想をお寄せください。